Gift of
The Friends of the
Bernards Township Library

出家

The
Monk

张忌

中信出版集团 · CHINACITICPRESS · 北京

图书在版编目(CIP)数据

出家／张忌著. —北京：中信出版社,2016.8(2016.12 重印)
ISBN 978-7-5086-6409-5

Ⅰ. ①出… Ⅱ. ①张… Ⅲ. ①长篇小说-中国-当代
Ⅳ. ①I247.5

中国版本图书馆 CIP 数据核字(2016)第 150408 号

出家

著　　者：张忌
策划推广：中信出版社(China CITIC Press)
出版发行：中信出版集团股份有限公司
　　　　　(北京市朝阳区惠新东街甲4号富盛大厦2座　邮编　100029)
　　　　　(CITIC Publishing Group)
承 印 者：北京诚信伟业印刷有限公司

开　　本：880mm×1230mm　1/32　　印　张：8.25　　字　数：122 千字
版　　次：2016 年 8 月第 1 版　　　印　次：2016 年 12 月第 2 次印刷
广告经营许可证：京朝工商广字第 8087 号
书　　号：ISBN 978-7-5086-6409-5
定　　价：39.00 元

1

　　要不是秀珍的表姐打来电话，我可能早就是个和尚了。我会留着光头，穿着土黄色的僧衣，手上挂一串长长的念珠，慢慢吞吞地走路。

　　当和尚能赚钱，能赚白布包洋钿的钱，这是阿宏叔亲口告诉我的。阿宏叔是一个寺庙的当家，他的寺庙叫作宝珠寺，就建在赤霞山谷间那块芭蕉形状的平地上，正中三座大殿，左右两排禅房，在群山的掩映下，气派得很。站在金灿灿的大殿前，我疑心以前皇帝住的宫殿也不过如此，可阿宏叔却说，这算不了什么。以后，他还要在三座大殿前再造三座大殿，等整座寺庙完工后，他还会在围墙外的那片竹林里造一所精致的四合院，留给自己养老。

　　阿宏叔像个伟人一样描绘着宝珠寺的宏伟蓝图，我听得入了迷。事实上，我已经十年没见阿宏叔了。十年前，他瘦得像根竹子，可现在，他站在我面前，油光水滑的，像个姑娘一样粉嫩。

　　阿宏叔说，你跟我去山上做个空班，一天能赚六十元。虽然钱不算多，可总比你闲在家里强。而且，以后你再学会了法器，升了乐众，学会了唱念，升了维那，那些钱就会自己找上门来。

阿宏叔的话深深吸引了我，我的眼前浮现出许多洋钿的样子，它们长出双腿，拥挤着跑到我的家里来。我需要钱，此前我已在家中闲了一年，现在秀珍的肚里又有了我们的第二个孩子。

于是，我便跟秀珍扯了个谎，跟着阿宏叔上了赤霞山。

吃过午饭，阿宏叔便给我剃头，虽然是假和尚，样子总归要有的。阿宏叔用剪子仔细地铰去我的头发，用热毛巾敷软，打上肥皂，然后便捏起剃刀给我刮头。我坐在椅子上，听着剃刀从我头皮上掠过，发出嗞嗞的声音。我觉得牙根一阵阵发痒，生怕阿宏叔手一抖，就将我的头给剖成了两半。

山上显得很安静，院子里有两个僧人在打羽毛球，白色的羽毛球在空中划出弧线，不停地飞过来又飞过去。再远一些，有一位胖老太太正拿着一把竹笤帚在清扫观音殿前的台阶，细心听，能听见笤帚和石台阶摩擦时发出簌簌的声响。越过寺庙的围墙，可以看见山，山间有几个人，刚从地里回来，身影在绿荫遮蔽的山路间时隐时现，就像武侠电影里的侠客一般。

阿宏叔的手法很纯熟，手起刀落之间，让我想起秋天时那些来自台州黄岩的割稻客人。剃刀掠过，我的发茬就像稻穗一样纷纷扬扬地散落到地面上。刮完了，阿宏叔拍了拍我的肩膀，让我转过身去。他往后退了几步，眯起眼睛看着我的头，就像欣赏一件艺术品。看了一会儿，他满意地说，嗯，很像范。你的头型好，没什么坑坑洼洼，要穿件袈裟，没准比我还像个和尚呢。

我不知道阿宏叔是在表扬我的头型，还是在表扬自己的刀法。我下意识地伸手去摸脑袋，只觉得头皮一阵阵地发辣，凉飕飕的。看着地上的那些黑发，我心生愧疚，似乎自己欠了它们什么似的。要知道，以前我可从来没剃过光头。

事实上，我有些后悔了。我真的要干这一行吗？我并没有想清楚，此前我只是将做和尚当成一门能赚钱的行当。可真剃了头发，我才心虚起来，我根本没有做好足够的心理准备。

我没着没落地回到房间，将头搭在冷冰冰的枕头上，望着天花板，恍惚地觉着自己已经成了一个身份不明的人。

凌晨四点多时，不知从哪里传来了一阵钟声。好一会儿，我才明白过来这是叫早课的晨钟。我爬起床，急匆匆地穿上僧衣，往外面赶。此刻，天还漆黑，屋外冷风阵阵，打在身上，就跟迎面泼来的冷水一般。我站在走廊上张望，看见大殿的灯已经亮了，住在别处的几个僧人正零落着往殿里赶。我打了个冷战，清醒了过来。我觉着心里一阵的荒凉，又开始后悔剃光头的事。

穿过走廊，我匆匆跑下楼梯，进了大殿。在大殿里，其他的僧人早已在两边站好，双手合十，神情肃穆。阿宏叔站在两排僧人中间。他的头看上去刚刚刮过，在灯光下泛着光泽，就像河豚鱼鼓胀的肚皮，白得耀眼。

此刻的阿宏叔看上去有些凶巴巴的，面无表情，眼里透着一道冷而不易察觉的光，极迅速地在众人身上掠过，又极迅速地收敛。人齐了，他低垂下眼帘，深沉地唱出一句。

宝鼎热名香，普遍十方，虔诚奉献法中王。

我听不懂阿宏叔唱的是什么，我只是觉着奇怪，这阿宏叔平时说话并不觉着多少好听，可一唱起来，拿腔拿调，却是十分动人。怎么说呢，那声音就好比做漆活儿时，用最细的砂纸打磨过的木头一样圆润。

我不会念，更不会唱，可站在那里，我也听得入神。我觉得这声音似乎曾经在哪里听过，细腻绵长，这样熟悉，又这样陌生。一瞬间，我百感交集，甚至连眼眶都有些湿润了。

早课罢了，大家便去斋堂吃早饭。吃饭时，我忍不住问阿宏叔，阿宏叔，你早课唱的是什么啊？

是楞严咒。

楞严？

阿宏叔没作声，叫人去拿了一本经书过来，递给我。书很薄，黄皮的，封面上竖着一行字，南无楞严会上佛菩萨。

阿宏叔告诉我，楞严是一种咒，是最难念的咒。有句老话叫作和尚怕楞严，道士怕普庵。如果一个人会念楞严咒，还能念得好，那他就算是个好和尚了。

2

看上去,秀珍的表姐的确像个奶牛场的老板娘,浑身鼓鼓溢溢的,又白又胖,如果拿针戳一下,没准里面还能流出乳白色的牛奶来。

事实上,我对秀珍的表姐毫无印象,秀珍说我跟她结婚时,这表姐还来吃过喜酒。这些年,她一直在新疆做生意,最近才回来跟人合作开了一个奶牛场。她给秀珍打电话,说奶牛场在城里的送奶站在招人,问我要不要去。那时,我正在宝珠寺纠结当和尚的事,接了秀珍的电话,我没太盘算,便应了下来。说实话,这送奶工虽也不是什么好行当,毕竟算个正经工作。当和尚嘛,我也说不好。

表姐说,送牛奶这活儿,其实挺轻松,一天下来,也就是忙三四个小时。就是要起得早些,凌晨四点前,就得赶到公司。到七点半,一定要将负责区域里的所有牛奶送完。表姐问我吃不吃得了这苦。我说,吃苦没问题,就是刚搬到城里,不熟悉路。表姐笑了笑,说,这是小事,我会叫个老员工给你带带路。

随后,表姐又跟我扯了些闲话,问我和秀珍房子租好了没有,到城里习不习惯,秀珍生产还剩几个月。我认真应答着。表姐说话时,不时朝门口张望,见四下没人,突然压低了声音,方泉,我给秀珍订了一份免费牛奶,别人都没有的,你不要说出去。

我一愣,赶紧道谢。我觉得心里暖洋洋的。虽然以前,我对这个表姐毫无印象,可现在看起来,亲戚就是亲戚,总归是不一样的。

晚上,还不到三点,我便早早地出了门。说实话,第一天上班,我还挺兴奋的。

凌晨的街道显得很冷清,基本没有人,只是偶尔几辆夜班的出租车驶过,闪着橘黄色的车灯。还有便是乡下往城里送菜的电动三轮车,骑车的人裹得严严实实,看着就像木乃伊一样。这大半夜的,的确够冷,那些夜风,就像长了牙齿,钻进衣服里,一口一口地往皮肤上咬。

人逐渐地来了,挤在奶棚里,热烘烘的。说话的声音、打喷嚏的声音、玻璃奶瓶碰撞时发出的声音,一时间,热闹无比。我喜欢这种热烘烘的氛围,就像乡下办喜酒一样热闹。

牛奶是头一天下午从奶牛场送来的,它们被灌入成千上万个玻璃瓶中,整齐地码在奶架上,发出幽幽的光亮。我将我的那几百瓶牛奶小心地装进我的奶箱里,搬到自行车的后座上,用绳子固定住,上了锁。

第一天的工作还算顺利,七点左右,我便将所有的奶送完了。为了对自己第一天的表现提出表扬,从最后那个巷口出来时,我还特地买了一些生煎包子带回家。

我将包子放到盘子里，然后又倒了一碟子醋，我对大囡和秀珍说，这个生煎包，要蘸着醋才好吃。吃了一会儿，我突然想起了什么，又起身从自行车的奶箱里翻出了一瓶牛奶。我将牛奶热了，分成两碗，又加了点白砂糖，搅拌均匀。一碗给秀珍，一碗给大囡。

这牛奶是表姐送的，说为了照顾你，特地给你订的。大囡，这牛奶好喝不？

大囡用力点头。我摸了摸她的头，说，等爸爸拿了工资，就再给你也订一瓶。这样，你喝一瓶，妈妈喝一瓶。

大囡翻了翻眼白，那小弟弟生出来怎么办？我那瓶是不是要给弟弟喝了？

那就订三瓶，怎么能少了大囡呢？

大囡高兴地笑，订四瓶，爸爸也喝一瓶。

秀珍没喝，她将牛奶推到我前面，说，你喝吧，吹了一晚上风，暖和暖和。

我摇头，我才不喝，我闻不惯那味。

秀珍一脸古怪，牛奶有什么味啊？

奶味啊。

秀珍扑哧一下笑了。我说，你笑什么？秀珍压低了声音，你小时候不吃你妈的奶吗？我也笑，你别说，我还真没吃过。我小时候，家里吃不饱，我妈产不下奶。

我们说话的时候，大囡就在旁边看着。我说，大囡，别偷听大人说话，赶紧喝，喝了就能长个。

大囡说,那妈妈喝牛奶也为长个吗?

妈妈不是为长个,妈妈喝了,能变白变漂亮,给你生个白白胖胖的小弟弟。

秀珍脸一红,白了我一眼,说,你别当着孩子的面胡说八道。

大囡咬着生煎包子,乐不可支。

3

秀珍站在案板前切菜。切菜的时候，她不时伸手去擦额头上的汗。秀珍似乎比以前爱出汗，因为她胖了，胖得都有些像她的表姐了。

我眯起眼睛，心里有些得意。上一次怀大囤时，秀珍就像段被嚼过的甘蔗，又干又瘪。我都疑心她肚子里不是一个孩子，而是一个馋痨鬼。这次怀孕，秀珍就没瘦，不但没瘦，反而还胖了起来。手臂圆鼓鼓的，微微一低头，还能看见分明的双下巴。

不会错了，上次那么瘦，生了大囤，这次胖成这样，肯定就是个儿子。

我是喜欢儿子的，没办法。女儿嘛，养大了终归要嫁人。嫁了人，就是别人家的了。儿子呢，是当种的，一辈子都是自己的姓。我是独子，自然希望生个儿子，将姓氏传下去的。我在心里盘算了一下，秀珍的预产期也就剩两个月了。眼下，全家上下，就靠我每月的一千七百元工资，刨去开支，就剩不下什么了。我想我还得再找个赚钱的门道才行，否则等我儿子从秀珍肚子里爬出来，就真得喝西北风了。

三点时，我准时醒了过来。现在，我已经不用手机闹钟了，我的脑子里有个天然的闹钟，他们说这个叫什么生物钟，嘿嘿，说得还真形象。

我从床上起来，将米淘好，放入电饭煲，再去卫生间洗漱。刚来城里那阵，每天早上我都吃泡饭。我喜欢吃泡饭，可过了没几天，我就发现这样不顶饿，泡饭是吃滋味的，一泡尿就没了。要知道，我一出门，就得从四点忙到七点，不吃新鲜米饭哪里有劲道？

吃好饭，我穿戴上围巾、帽子、手套，骑车出门。在凌晨湿冷的风中，将牛奶一瓶瓶地送到订户门口。送完了奶，我一身热汗。此时，天光已经亮了，街上的人也多了起来。我靠在路边的电线杆上抽烟。等这口劲缓过来，我也得回家补觉去了。

烟抽到一半，突然有个穿绿衣服的人从我面前骑车过去，经过一户人家门口，他从包裹里取出个东西，随手一扔，又继续往前骑去。是个送报纸的，送牛奶时，我经常会遇见他们。我的脑子突然一激灵，他娘的，如果我能找份送报纸的活儿，不是就相当于拿两份工资干一份儿活儿吗？

想到这里，我赶紧骑车尾随过去，叫住了他。那个人停下车，疑惑地看着我。我冲他讨好地笑，拔了根烟递过去。

你叫我？我们认识吗？

你不认识我，可我认识你。来，先抽根烟。

那人犹豫了一下，还是将香烟接了过去，我赶紧给他点了。

你怎么会认识我？

我们每天都会见面啊，你没印象吗？

他皱了眉，似乎脑子更迷糊了。

我是送牛奶的，你是送报纸的，我们不是每天能见面吗？

他一愣，也笑了，对哦，那我们是每天能碰到的。

你吃早饭了吗？他摇了摇头。那正好，我请你吃早饭去，我知道一个地方的生煎特别好吃。

说着，我便拉着他去了那个吃生煎的早点摊。我要了十个生煎，又要了两碗小馄饨。看起来，他也很喜欢这里的包子，没一会儿，十个生煎就没了。不过，他好像还没吃饱。我犹豫了一下，又叫了五个。金灿灿的包子端上来时，我觉得有些心疼。早知道不够，刚才我少吃两个多好。

吃完了包子，我又热情地给他拔烟。他将烟塞到油腻腻的嘴唇里，吸进去，在嘴里含了一会儿，然后用力吐了出来。他用舌头舔着牙缝，看上去十分享受的样子。

送报纸这活儿挺辛苦的吧？

还行吧，跟你们送牛奶差不多，别的都还好，就是要起早。

那收入怎么样？

他斜了我一眼，嘿嘿干笑两声，你是不是也想送报纸啊？

我有些不好意思地笑，被你猜对了。我觉得送报纸比送牛奶好，你想想，报纸是有文化的人看的，虽然我不是个文化人，但我特别喜欢看报纸。这送报纸，听着就是个正经活儿。

听了我的话，他显然挺受用。我发现你这人不错，我也不瞒你。这收入嘛，还算不错，一个月能有两千多。不过，现在不是订报的时候，我们没在招人。我们的报纸都是每年元旦前征订的，如果你真想干，到时候再去试试。

我没接话，跑到对面的小卖部买了两包利群香烟，叠在他面前。我笑眯眯地看着他，那你能不能告诉我，你们那个负责人住在哪里啊？

他愣了一下，笑了起来。

看不出，你这个人脑子还挺活络的。好吧，既然你这么上路，我也不好瞒你，谁叫我脸皮薄呢。我告诉你，我们发行站的站长姓马，住在杜鹃巷一百零八号。

我在心里默念了一遍，记住了。这名字不难记，一百零八，梁山泊一百零八将嘛。

我跟你说，你可不要跟别人说是我把地址告诉你的啊，传到马站长的耳朵里，他要不高兴的。

我赶紧摆手，不会不会。

他懒洋洋地打了个呵欠，好了，我也要走了，我得回家睡觉去了。说完，他就站起身来，顺手将桌上的两包香烟抓进了口袋。我陪着起身，又感谢了几句。

离开早点摊子，我没有回家，而是骑着车去了那个马站长家。大门紧锁着，我想去敲门，又觉得这样太唐突。如果马站长出来了，我该怎么说？总不能直接说我想到你那里上班吧？

我点了一根烟，盯着马站长家光溜溜的大门看了一阵，转身回了家。

到家时，秀珍正陪着大囡坐在床上看图画书。我摸了摸大囡的头，然后把自己想再找份工作的想法跟秀珍提了。

我说，事情是好事情，就是不知道能不能成，得走走关系。我先前去马站长家看过了，看见他们家没订牛奶，就想着能不能给他订上一份牛奶。不过，也是压手的，订一份牛奶要九十一个月，一年下来，也要上千块了。

秀珍说，我们家不是还有份牛奶吗？

那怎么行，你还怀着孩子，正需要营养。

秀珍说，其实我也闻不惯那奶味，表姐送了，不喝总是浪费，现在正好，我刚好也不想喝了。

瞎说，你以前可从来没说过你不喜欢喝牛奶。

秀珍笑眯眯地说，我没骗你，我妈生我时，也没有奶。

我一愣，很快便反应过来，我笑着在她胳肢窝里挠了一下。秀珍有些害羞，说你别闹。停下手，我又有些犯愁。

你不喝奶，可还有大囡呢。你看外国的小孩儿那么高，那么白，都是吃牛奶吃的。

那电视里的外国黑人，也都吃牛奶，也不见得白啊？

我不知道秀珍说的是笑话，还是真话。我有点难为情，为了送礼，我居然打起了自己老婆和孩子的主意。

马站长家似乎没人有早起的习惯，我将牛奶送去时，他的家里还是一片漆黑。第一天去，我顺利地将牛奶放在了他家的门口，第二天、第三天、第四天，一直都如此，直到第五天。

这天凌晨，正当我把奶瓶放到马站长家门口时，门突然开了。我一抬头，一个穿着花睡衣的秃顶男人正盯着我。

你是谁？

我猜想眼前的这个男人便是马站长，便赔着笑，我是个送奶工，你是马站长吧？男人严肃地看着我，你怎么会认识我？还有，你为什么要每天给我送奶？

这是你订的奶啊。

我订的奶？

马站长摸了摸在夜色中发亮的脑袋，你搞错了吧，我家里可从来没订过奶。

不会错的，是我给你订的。

马站长一愣，依旧一副公事公办的面孔，你为什么要给我订奶，什么意思？

我笑眯眯地说，我想送报纸。

听了我的话，马站长的眼睛突然亮了，脸上的肌肉也随之松弛了下来。他上下打量着我，你这个后生，脑筋还蛮活络的嘛。

马站长，你看你能不能帮帮忙，让我也到你那里送报纸？

马站长斜了我一眼，工作上的事情还是上班时到发行站再谈吧。说完，他要关门，我赶紧往门里踩了一步，马站长，你上班的时候，就别买早饭了，我给你带生煎包子来，我知道有一个地方的生煎包子特别好吃。马站长笑眯眯地看着我，又摸了摸脑袋，你这个后生，确实蛮活络的。

离开马站长家，我就赶去了发行站。我得在这里等着，因为我不知道马站长几点上班。我得等他到了办公室，再回去买包子，这样包子就不会冷掉不好吃了。就这样，到了早上八点左右，马站长终于来了。我赶紧骑车赶到那个生煎摊子，拎上一袋包子，又匆匆赶回发行站。

马站长坐在办公室里喝茶，看见我拎着包子进来，显得挺满意。

你还挺准时的嘛。

我笑眯眯地把一袋子热气腾腾的包子放在他面前，马站长，还烫嘴的，你赶紧趁热吃。

马站长没急着吃，任由包子散着热气，慢条斯理地喝了口茶。

你这个人，脑子是活络的。你送牛奶，要是再送报纸，就等于一个时间把两个活儿干了。不过，我得跟你说清楚，我们这个地方平时是不招人的，只有订报的时候才招人。对了，你们那里有酸奶吗？我那个孙子倒挺喜欢喝酸奶的。

我赶紧接话，有的有的，我给您订一份。

这时，马站长似乎才看见了眼前的包子，他将袋子打开，拿一个出来捏了捏，但他还是没吃。

当然喽，虽然招工时间还没到，但也不是一点办法都没有。平时，有人辞职什么的也是有的。不过我不知道最近怎么样，人太多了，我得查一查才能知道。说着，他咬了一口包子，呦，这包子的味道还蛮好的。

我赶紧又将话接下来，马站长，您以后的早饭就不要买了，我天天给你送生煎。

马站长瞟了我一眼，眉角就像他杯中的茶叶一样，完全地舒展了开来。

算了，算了，我也不查了。我早说过了，你是个活络人，现在像你这样活络的后生也难找喽，我也是爱才。好了，你明天就来办手续吧。

我赶紧起身，千恩万谢。

从发行站出来，我有些心疼。原本算计着不另外花钱就把事情办了，没想到，搭进秀珍和大囡的牛奶不算，还多搭进去一份酸奶，一份生煎。订鲜奶九十元一个月，订酸奶六十元一个月，生煎一块钱一个，一天算五个，一个月要一百五十元。这样算起来，我一个月要给他三百元。他娘的，这马站长也真够黑的。不过，总数还是划算的。发行站每月的工资是一千九，除去马站长那些开销，至少还能剩下一千六。

回家时，大囡正一个人坐在门口的板凳上，她用手托着腮帮子，皱着眉头，看上去有些不大高兴。

大囡，你怎么了，小嘴撅得这么高，都能挂个小水桶了。

大囡抬头看我，爸爸，为什么这几天家里没牛奶了啊？

我愣住了，对啊，这事还没跟大囡说呢。前两天，牛奶没拿回家，她也没问，我都以为她忘了，没想到今天却突然开口问了起来。一时间，我还真不知道该怎么解释。我迟疑了一会儿，胡诌道，大囡，其实是这样。现在的牛奶啊，都不能喝了，因为那些牛都得疯牛病了。

大囡有些疑惑，什么叫疯牛病？

就是牛发疯了，像得了神经病一样。如果人吃了这些疯牛的牛奶，也会变成神经病。

大囡似乎明白了一些，继续问，那人变成神经病是怎么样的？

我伸手将她抱到一边，然后将她坐过的小板凳举过头顶，放在头上，学了一声牛叫。我说，你看，神经病就是像爸爸这样的。

大囡看着我的样子，便不再生气了，咯咯地笑个不停。

4

凌晨的街道上，到处都是垃圾。此时，环卫工人还没起床，遍地的垃圾让街道看起来就像刚打过一场仗。我从这些垃圾中经过时，突然想起自己曾在录像厅里看过一部讲僵尸的外国电影，此时的街道就像极了那部电影里的场景。想到此处，我忽然有些害怕起来，小心翼翼地朝四处看，生怕某个昏暗沉寂的弄堂口突然就冲出一具腐烂的僵尸来。

啪！从哪里突然发出一声脆响，这声响在清冷寂静的凌晨显得异常尖利。我在臆想中受到惊吓，车把扭动一阵，差点摔倒。我用脚尖踮住地面，低头一看，原来是自行车的轮胎压到了一个矿泉水瓶。我不禁失笑，他娘的，一个破塑料瓶子，居然把我吓了一跳。我缓了缓心跳，抬头往前看，发现地上还不止这一个矿泉水瓶，它们在路灯的照射下，反射着微弱的光芒。

我怔了一下，忍不住用手敲了一下脑袋，平日里我总见别人捡瓶子，可我却从没搭过这根弦。要知道，我上班时，环卫工和捡垃圾的人都还没起，这遍地的塑料瓶子，不都是我的吗？

真是个猪脑子，我暗自骂了自己一句。

忙活下来，我总共捡了二十六个瓶子，挂在自行车的后座上，哗哗地响。对了，除了这些瓶子，我还捡了一只小熊，一只棕色的毛绒熊。它长了两片圆圆的塑料眼睛，挺着鼓鼓的肚子，躺在一堆废纸之中。我捡起来，拍了拍土，看上去它还非常完整。我想，大囡看见这个毛绒熊，一定会很喜欢的。

送完报纸，我便赶到了废品收购站。一个瓶子一毛五分钱。二十六个瓶子就是三块九毛钱。生煎包子一元钱一个，马站长每天早上要吃五个生煎，要五元钱。也就是说，瓶子钱已经差不多能补上包子的开销了。

当我拿着卖塑料瓶子的钱给马站长买包子时，我的脑子里突然冒出一个想法，如果马站长知道自己吃的包子是从垃圾堆里捡来的，他还吃得下去吗？现在，人们总喜欢说垃圾食品，我想马站长吃的包子可以算是最正宗的垃圾食品了。

送完了包子，我准备回家补觉。可这时，我的手机却响了，是表姐的电话，让我赶紧去趟送奶站。她没在电话里说什么事，这让我有些担心。我脚下加了劲，又匆忙地往送奶站赶。

到了奶站，刚推开办公室的门，表姐便做手势让我把门关上。表姐从办公桌下取出一个袋子，递给我，低声说，这几天奶牛厂的奶送多了，还剩下这么些。反正也没过期，可以喝的，我就想着让你拿回去给秀珍补充补充营养。

原来表姐叫我来是为了这事，吓了我一跳。我赶紧道谢，表姐却摆摆手，都是亲戚，客气什么？随后，她又漫不经心地提了一句，方泉，你以前做过油漆匠吧？

对啊。

哦，是这样，我家里弄了个茶室，装修都搞好了，还剩下点漆活儿。我盘算着这事儿找别人我也不放心，反正你白天也闲着没事干，就想让你帮下忙。

我愣了一下，没问题。

那就好，下午你就去我那里看看吧，要买什么东西，你做主。

行，那我下午过来。

表姐满意地看着我，我没看错，总归是自己的亲戚贴心。这时，她突然想起了什么，拿出一张报纸，盖住袋子里的牛奶，低声说，出去的时候，可别让别人看见了。我心里苦笑一声，我说我知道的。

就这样，我拎着一袋子快过期的牛奶疲惫不堪地往家里赶。骑车的时候，我还用力地晃着自己的脑袋，我得给自己提提神。实在是太困了，我都怕自己骑着骑着就会睡过去。

到了家，我强打精神，站在院子里用力叫大囡。大囡听见我的声音，从屋里跑出来。我将装满牛奶的袋子递给她，笑眯眯地说，大囡，看看，这是什么？大囡将袋子翻开一看，夸张地大叫，爸爸，你发财了吗？

秀珍听着声音，也走了出来，看见我手里满满一袋的牛奶和酸奶，也是一脸的意外。

你怎么买这么多牛奶啊？

我笑眯眯地说，不是买的，是表姐送的。

她送你那么多牛奶干吗，我们家里又没冰箱，要坏掉的。

我一愣，秀珍说的对啊，这么多牛奶，没冰箱可怎么办？我心里暗暗叹口气，我们可真是穷命，前两天还为没牛奶喝发愁，现在有了这么多牛奶却还得发愁。

中午的时候，我主动提出由我来做饭。我将米淘洗干净，放到电饭煲里，我没有放水，而是将牛奶倒了进去。另外，我还用牛奶做菜。牛奶炒鸡蛋，酸奶拌青菜，反正，我是挖空心思，将满满一袋子的牛奶给用完了。可等我将这些用牛奶做的饭菜摆上桌子的时候，秀珍和大囡却显得毫无食欲。特别是大囡，甚至连筷子都懒得动一下。

大囡，你不是老说想喝牛奶吗？今天爸爸用牛奶做了这么多的菜，你怎么不吃啊？

大囡撇着嘴角，爸爸，我喝了一瓶牛奶，又喝了两瓶酸奶，现在，我闻见奶味就难受。

我将大囡面前的那碗牛奶饭端过来，用勺子舀了一大口，塞到嘴里用力咀嚼。

大囡，这么好吃的饭你怎么会不想吃呢？你看爸爸吃得多香。

我一边吃，一边又跟秀珍说话，秀珍，你以前肯定没想到我们会在城里过这么阔气的日子吧？换了从前，就算地主老财家里也没有用牛奶煮饭的。

秀珍看了我一眼，勉强地笑笑。事实上，她比大囡也好不了多少，看得出来，她也不喜欢这牛奶饭，但又不想让我难堪，只是一筷子一筷子艰难地挑拣着。

吃过午饭，我想起下午要帮表姐装修茶室的事，便扯了个谎，出了门。我可不能让秀珍知道这事，要知道，以前就是她坚持着不让我干漆匠的，她说那个东西太伤身体。

表姐家是在城南的一个高档小区里，我也是第一次去，虽然表姐口头上说过几次让我们去玩，但她从来就没发出过真正的邀请。我怀疑，如果不是做漆活儿，我一辈子都不会有机会去她家里。

一进表姐家，我被吓了一跳。这房子也太大太豪华了吧，我描述不出来这种感觉，总之是要比我以前在香港电影里看见的别墅都好。我有些沮丧地想，要是我想买这样的房子，可能送一百年的牛奶也不够。

进了门，我便准备换拖鞋，规矩我还是懂的，不能踩脏了表姐家的实木地板。可表姐却阻止了我，她从旁边的架子里拿出一个盒子，盒子上有一个椭圆形的洞，表姐将盒子放在地上，让我踩进去。我不知道表姐在搞什么鬼，小心翼翼地踩了一脚，让我惊异的是，脚再拔出来，上面竟多了一个塑料套。我觉得有些不舒服，门口分明有许多拖鞋，可表姐却偏偏让我戴脚套，她什么意思？难道是怕我脚臭，熏坏了她的拖鞋？

表姐说做茶室的那个房间原本是一个麻将室，可现在作兴家庭茶室，她便将麻将室蔽了，改成了茶室。我目测了尺寸，算好了要用的漆。表姐将钱给我，让我替她去买。我脱了鞋套，赶到油漆店，又和送货的三轮车夫一起，将漆一桶一桶地搬到楼上。当我将最后一桶漆搬进房间时，我看见表姐正拿着一个小计算器在一桶一桶地计算着油漆钱。她没留意到我进来，看见时，有些不好意思地笑，方泉，你别多想啊，我是怕那些卖漆的人诓你。

我笑笑，哪里会。

其实，我也见怪不怪了。表姐平时就这样，送牛奶时，每一筐、每一瓶她都要反复地数，生怕我们拿多了。别的送奶工还告诉我，说有时候，她甚至晚上不睡觉，专门等在送牛奶的路口，看我们有没有送到，有没有偷奶。我想，也许那些有钱人的钱就是这样攒起来的。

吃过晚饭，我没在家里多待，我怕秀珍闻出我身上的油漆味来。我遛到巷弄口，看别人搓麻将，捱到九点才回的家。回家时，秀珍已经睡了。我长长地出了口气，这才安心躺下。

不知为什么，白天那么犯困，此刻我却没有丝毫的睡意。我觉得有些烦躁，就像有什么东西在我脑子里盘旋，让我不得安宁。又努力睡了一会儿，还是睡不着，便起来躲进了卫生间。我坐在马桶上，点了根香烟，很快，白色的烟雾便在狭小的卫生间升腾、盘旋起来。

我在厕所里坐了没一会儿，租在楼上的那个年轻姑娘也回来了。我也不知道她是做什么工作的，反正每天都很晚回来。今天，这脚步声似乎还不只她一个人。我听见好几个脚步声交叠着上了楼梯，又进了房间。随后，便没了声音。再一会儿，我便听见床角吱吱嘎嘎地响起来，似乎还有那个姑娘若有若无的哼哼声。

我的脸颊顿时烫了起来。自从进了城，和大囡挤在这一个房间里，我和秀珍就再也没有过过夫妻生活了。本来，平日里又忙又累，早已把这变成了忽略不计的事情，可现在，楼上的声音却重新唤起了我身体里的一些东西。

我坐在那里，看着头顶那盏微微跳动的白炽灯，企图抵抗心底浮出的那些想法。可我的耳朵却不听使唤，它像长了手，将楼上的声音一丝一缕地全部牵扯了进去。这让我觉着眩晕。

就在这时，忽然有人敲门，我一阵手忙脚乱。随后，我便听见秀珍在门口轻轻地叫唤我，方泉，你在里面吗？我赶紧起身，打开门。

秀珍站在门口。

方泉，大半夜的，你怎么在厕所里坐了半天？

可能是白天牛奶喝多了，肚子不大舒服。我随口扯了个谎。

是吗，被你一说，我好像也觉着肚子不大舒服了。

我笑笑，看来我们的肚子都是受苦受惯了，偶尔一次享福，就受不了。对了，你也要用厕所吗？

秀珍摇摇头，伸手指了指楼上。

你也听见了？

这么大声，谁听不见啊。唉，这大晚上的，让不让别人睡了？

秀珍看了我一眼，突然说了一句，大囡睡熟了。

我愣了一下，但我很快便明白了秀珍的意思。我伸手将她牵进了厕所，然后又轻轻地合上门。我小心地帮秀珍脱衣服。

你会不会冷？

秀珍摇摇头，不会的。

我俯身轻轻地摸了摸秀珍的肚子，儿子，你好好睡，千万别偷看。

秀珍就笑着使劲在我身上拧了一把。

从厕所出来后，我和秀珍踮着脚，小心翼翼地回到床上。秀珍将头靠在我的胸口，问我累不累。我摇了摇头。

要不然，今天就别去送奶了。

那怎么行？订户要投诉的。

我就是怕你累着了。

怎么会呢？放心吧，累不着我。

你要是累着了，我就不知道怎么办了。

胡说，我这么好的身体，怎么会累着。我凑近秀珍的耳朵，我就是天天跟你去厕所里，我也累不着。

秀珍又用力拧了我的大腿一下，突然，她皱了皱鼻子，方泉，你身上好像有什么味道。

我忽然紧张起来，秀珍不会发现我身上的油漆味吧？

什么味道，我怎么闻不见？

秀珍又皱了皱鼻子，我也说不出来。

会不会是刚才厕所里时间待久了的缘故啊？

秀珍皱了皱眉，我不知道。

我轻轻拍了拍她的背脊，好了，赶紧睡吧。

5

二囡出生的时候，比预产期提早了一个礼拜。那时，我正给马站长送完包子回家。秀珍躺在床上，额头上全是汗珠。她看见我，用力地眨了眨眼睛，说，我可能要生了。

当天下午，二囡便来到了人世。说实话，迎来第二个女儿，让我有些失望。原本我笃定这会是个男孩儿。秀珍怀孕时和此前是多么的不同。可结果，却依旧是个女儿，就像老天跟我开了个玩笑一般。我很后悔，早知道，我应该带着秀珍去照一下 B 超的。

秀珍也知道我想要儿子，她似乎为自己再次生下女儿而感到惭愧。她低声问我，你是不是不高兴？

我一愣，用力摇头，哪有的事，生女儿才好呢。你看，我们现在有了两个女儿，以后长大了，嫁了人，毛脚女婿送来的香烟老酒，吃都吃不完呢。

听了我的话，秀珍便笑。我也笑，我不知道，我的笑是不是会比哭还难看。

我跪在床前，将二囡沾满了黄屎的尿布像拆地雷一样从她腿间小心地抽出来。我扭头往院子里看，衣架上国旗一样挂着各种颜色的尿布。此刻,大囡就坐在衣架旁的板凳上,她一只手支着腮帮子,另一只手拿着一根不知从哪里弄来的小木棍,在地上无聊地涂画着。

大囡,帮爸爸拿片尿布过来。

大囡没有搭理我,像是根本没听见。

大囡,我跟你说话呢,你没听见吗?拿块尿布来。

大囡还是不理我,继续在地上涂画着。我有些不高兴,起身走到院子里,轻轻掸了一下她的后脑勺。

懒得可以去卖了。

我从衣架上取了尿布,回屋里给二囡换上。换好尿布,我又往院子里看,大囡不见了,不知道又跑到哪里玩去了。

秀珍从厕所里出来,我忍不住跟她抱怨道,这大囡越来越不听话了,一天比一天懒。

你不要老是说她,孩子大了,不能总说的。

我没好气地说,大了?这么一丁点大,就说不得,等到再大些,还不上了天?

秀珍看着我,神情有些诧异。我也察觉到了自己的火气有些突兀。我赶紧缓了缓,伸出手指,轻轻地挑了一下二囡的下巴。秀珍赶紧打开我的手。

你别动她下巴,小心大了流涎。

我笑着,哪有那么娇贵。

我觉得有些无趣,走到门口,坐在大囡刚坐过的板凳上抽了根烟。唉，这日子什么时候才能到头啊，我觉着身体已经快到极限了。本来每天夜里要送报纸牛奶，就缺睡，现在又有了二囡。二囡不好带，每天晚上都要抱着摇。才能睡着。这样整夜整夜的熬，秀珍的身体肯定是吃不消的。这活儿只能我来干，可我也不是铁打的。有时抱着二囡，摇着摇着，她还没睡着，我反倒呼呼睡去了。

　　连续的几个晚上，我几乎都睡不到两个小时，似乎刚将二囡的哭声平息下去，一躺下，上班的手机闹铃又响了。我只能痛苦地从被窝里爬出来。那一刻，我仿佛能体味到蝉褪壳时是怎样的一种滋味。我机械地穿好衣服，然后骑上那辆吱嘎作响的自行车，一头扑进漫无边际的黑暗之中。我都不知道自己是怎么找到那些订户的家的，因为我都记不得骑车的时候，我有没有睁开过眼睛。我怀疑自己现在已经是一个有特异功能的了。

　　有时，二囡好容易睡着了，我便赶紧打瞌睡。一边打瞌睡，我一边胆战心惊地祈求，二囡不要醒，不要啼哭，就让爸爸好好睡上两个小时。可这种祈求却起不到丝毫作用，刚眯上眼睛不久，二囡就哭开了。不知道是不是我平常带她带得多，这孩子只认我，秀珍根本哄不了她。没有办法，我只能再次从床上爬起来，将二囡抱在怀中。奇怪的是，我一抱她，她就不哭了。她看着我，脸上露出一种似笑非笑的神情。我有些哭笑不得，我甚至疑心这小鬼头是不是在故意逗我玩。

　　二囡在我怀里安分了一会儿，突然扭头往一边使劲挣扎，似乎是发现了什么让她感兴趣的东西。我顺着她扭动的方向，往门口看。大囡坐在门口，此时，她正抱着那个捡来的玩具熊，在那里自言自语着。

难道二囡是想要玩具熊？

大囡，把你的毛毛熊给妹妹玩一下吧。

大囡警觉地看了我一眼，不应声，反而将手里的玩具熊抱得更紧了一点。这孩子，我有些不高兴。大囡，听爸爸的话，把玩具熊给二囡玩一下。大囡还是不理我。这时，二囡突然又大哭了起来。我有些急，哄了一阵，二囡还是没止住啼哭。我便将她放到床上，起身走过去将大囡手里的玩具熊夺了过来。我轻轻地骂了她一句，回到床边，弯着腰，将玩具熊放在二囡眼前晃。没想到，还真灵，一会儿，二囡就咯吱吱地笑了起来。

秀珍从外面买菜回来，看了看门口的大囡，又看了看我手中的玩具熊，说，你拿大囡的玩具做什么？

我说，二囡喜欢这熊呢。

秀珍说，二囡这么小，哪里知道玩玩具？赶紧还给大囡。

我说，等会儿，二囡正玩得开心呢。

秀珍在我腰上捅了一下，将熊拿了过去。她走到门口，将玩具熊递给大囡，大囡，拿去吧，爸爸逗你呢。

大囡硬着脸将玩具熊接过去，突然一甩手用力地砸在了地上。我一下子火了。大囡，你这是干吗？把玩具熊捡起来。大囡将头一撇，不理我。我起身，两步迈过去，一巴掌刮在了她的后脑勺上。秀珍赶紧跟出来，用力推我一下，你干吗打孩子啊？

我愣在那里，一伸手我就后悔了，我怎么能打大囡呢？

大囡挨了打，站在那里，翻着眼白死死地盯着我。她不哭，也不闹，站在那里，眼泪在眼眶里亮晶晶地闪动，可她却硬撑着不让它流出来。我知道自己做了错事，但我又不想在孩子面前示弱。一时之间，大家都僵在了一起，房间的气氛凝滞了一般。就在这一刻，我忽然有些孤独，让我羞愧的孤独。我似乎突然成了这个家里多余的一个人。我转身出了门。

我站在大门口点了根烟，用力吸了几口，情绪才稍微缓和了一些。但我不能回去，现在回去，我都不知道该用什么表情面对她们。我只能继续朝外面走。 走到巷子口，是一个棋牌室。我转进去，挤在麻将桌旁，看了会儿麻将。我不会搓麻将，根本就看不懂，看着看着，就靠在旁边的柱子上打起了瞌睡。

回家时，大囡缩着身子，依旧坐在门口的小椅子上。她将两只手抱在胸前，就像一只在屋檐下躲避风雨的小动物。这一刻，我的鼻子突然有些发酸，我走近了，摸了下大囡的头发，大囡却将头轻轻地撇过去，不愿意理我。我叹了口气，走进屋子里头。秀珍看了我一眼，说，你怎么也跟孩子似的？快吃饭。

吃完了饭，秀珍叮嘱我下午好好睡个觉，她带二囡和大囡去外面转转。

就这样，我一个人躲在家里昏昏沉沉地睡了过去。我似乎从来没有睡得这么死过。我觉得自己就像一块沉重的铁，压在床上，就再也起不来了。醒来时，竟然已经是半夜两点多了。此刻，大囡已经睡了。今天的二囡不知怎么回事，也睡得特别乖，歪着嘴，竟然还发出低低的鼾声。

醒来后，我就再也睡不着了。我起身，坐在大囡的床边，看了她一阵，我轻轻拂了一下她的头发，心里说不出来的难受。坐了一会儿，我便悄悄起了身，推着自行车出了院子。

此刻，街上零星还有些人。可能是半夜打麻将或者是夜宵刚回来的。我推着自行车，沿着兴海路，慢慢地走。最后，走到东门庵的时候，我觉得有些累，便在庵堂的门槛上坐了下来。我下意识地从口袋里摸出了香烟，我拔了一根出来，刚想点燃，突然闻见哪里传来了一股非常舒服的香味，这香味若有若无，似乎还有些熟悉。又辨别了一阵，我发现这香味是从庵堂里传出来的。哦，我明白了，这是燃烧过的檀香味道。我忽然想起了阿宏叔，在阿宏叔的寺庙里，到处都弥漫着这种檀香的味道。我贪婪地呼吸着这香味，觉得浑身舒坦，就像有一双手，伸进了我的身体，温和有力地抚摸着。

我没有点燃手里的香烟，我失去了抽烟的念头，我怕这烟味搅乱了檀香的味道。

第二天，吃过午饭，大囡的心情明显比昨天好了很多，她在地上画了个格子，然后便在里面跳房子。我坐在一旁，有些羞愧地看着她。我想，再也没有比大囡更乖的孩子了。平时，她从没要求过我给她买玩具。可我这个当爸爸的，捡个别人扔掉的垃圾给她，居然还要抢回来。想起这些，我的脸上就一阵阵的发烫。

大囡在格子里兴致勃勃地跳着，看上去，她瘦小的身子在那些格子里显得特别的孤独。就在这一瞬间，我突然明白了。秀珍说的对，大囡长大了，有自己的心思了。虽然她不说，但她一定知道，有了妹妹，爸爸妈妈一定会将原本只属于她一个人的爱给分走。难怪她这些天情绪一直不高。我真是个粗心的人，这个时候，我居然还埋怨孩子，还伸手打她。我想，我可能算是全天下最混蛋的父亲了。

我站起身，笑眯眯地看着大囡，大囡，别跳了，爸爸带你去跃龙山公园玩玩好不好？

大囡一听我要带她去公园，便从格子里跳了出来，高兴地拉着我的手。我将她抱起，放在自行车的后座上。大囡在身后，用小手紧紧地拽着我的衣服。

大囡，爸爸昨天打你了，你恨爸爸吗？

不恨。

是昨天不恨，还是今天才不恨的？

嗯，都不恨。

为什么呢？

没为什么，就是不恨爸爸。

唉，多乖的孩子啊。我的鼻子忍不住又有些发酸了。

大囡，其实爸爸妈妈爱妹妹，也爱你的。你看你妹妹现在那么小，就像个小萝卜头，爸爸自然是要多对她好一些的，你明白吗？

爸爸，我知道的。

就这样，我们到了跃龙山公园，我花二十元钱陪她玩了一次碰碰车。以前，我从来没有带她玩过碰碰车，我舍不得花钱，大囡也从没要求过。我们开着车，不时跟别的车碰撞在一起，眼见车要撞上了，大囡就使劲往我身上躲。我看大囡这么开心，玩过一次后，我又准备交钱让她再玩一次，可大囡却一口咬定不要玩了，说自己害怕。呵，她怎么会害怕，她玩得那么高兴。她是心疼钱了，孩子懂事，她是为我省钱呢。

离开公园，走到门口时，我看见那里摆了一个摊子，上面放满了大大小小的玩具。我弯下腰，在众多的玩具里面挑了个灰色的绒毛熊，递给大囡。

大囡，喜欢吗？

喜欢的。

那爸爸买了送给你。

大囡摆了摆手，爸爸，我不要。

我摸了摸她的头，拿着吧，干吗不要？放心吧，爸爸有钱。

回到家，大囡一进门就跟秀珍说，妈妈，爸爸给我买玩具了。

大囡高兴，秀珍也高兴。她摸着大囡的头，说这熊真好看。大囡拿着玩具熊，趴在二囡的旁边逗她玩。玩了一阵，二囡就无心无事地睡着了。大囡将新买的那个熊放在了二囡的旁边，然后又将我给她捡的那个玩具熊抱在了怀里。

大囡翘着脑袋，看着我，爸爸，新的小熊就送给妹妹吧，我喜欢这个。

我摸了摸她的头，想说些什么，却什么也说不出来。

6

三月的辰光，表姐的奶牛场出了问题。有几个客户接二连三地吃坏了肚子，其中有一个人还将电话打给了报社，将这个事曝了光。虽然后来也没查出什么事，表姐还在报纸上做了广告，但牛奶的销量却一落千丈。加上这段时间，市面上又多了好几个牛奶品牌，更是雪上加霜。为了省钱，秀珍的表姐想出了一个奇招，除了解雇一批送奶工，剩下的人各送半个月，这样，就省下了一半工资。

我想过从秀珍表姐那里辞职。事实上，我早就不想在那里干了，明明我的活儿干得比别人多，却总像受了她的恩惠似的。可秀珍不答应，她说总归是亲戚，这样不好。再说了，表姐平日里也挺照顾我们，不能落井下石。秀珍这么说，我也不好再说什么，只能这样有一搭没一搭地上着班。

这天上午，阿宏叔打来了电话，说他有个师兄庙里要做佛事，问我有没有兴趣去做个空班。我有些发愣，没想到阿宏叔还惦记着这个事。我迟疑着说，我什么都不会，去了不会出洋相吧？阿宏叔说，没事，做空班没那么多讲究，就算你一句不会念，剃个头，凑个数就行。我是觉着你上次来我寺里，剃了头，却一分钱没赚着，有些难为情。这次有这个机会，你去待一个礼拜，赚个一千来块，也蛮好的。

阿宏叔让我考虑考虑，考虑好了马上给他回复。

说起来也怪，上次在阿宏叔那里，剃了光头准备做和尚时，我显得那样心神不宁。可是，真离开了寺庙到城里来送奶，我又有点后悔。我说不清那种感觉，似乎心底里，我是愿意做和尚这个行当的。那次从阿宏叔的寺庙里回来，我还带回来那本《楞严经》，平时没事时，我总会偷偷拿出来翻一翻，念上几句。有时，我甚至还期待着有一天我能念得像阿宏叔那样好。

可是，我还是有顾虑。要知道，这一出去，就要一礼拜，工作上倒没事，上这种夜班的人，白天都有私活儿。平时，谁要是没空，买上几包烟，大家都会帮忙，举手之劳而已。以前，我帮他们干，现在我出门了，他们自然也会帮我的。关键还是秀珍，我平时从来不出门，这一出去就是六七天，该怎么跟她开口呢？实话是断然不能说的，她肯定不愿意让我去做和尚。

我在脑子里盘算了，要不就谎称是某个远房亲戚死了吧。丧事有亲人守夜的习俗，可以待得久些。这应该算是个不错的理由。不过，这亲戚不能说得太远，说远了，万一回来后秀珍问起当地的风土人情，我圆不回来。但也不能太近，我的亲戚熟人都在本地，说近了，就像是在咒他们，心里过意不去。想来想去，我把人选定在了舟山，不远不近，秀珍要是问起来，那地方我多少还是知道些的。还有，舟山我是半个亲戚没有，说了不吉利的话，也是百无禁忌。

秀珍，我得出趟远门，要一个礼拜才能回来。

去干吗？

我用力咽了一口唾沫，那个，我舟山的一个堂叔没有了，我得赶过去。

秀珍有些疑惑，我以前怎么从没听你说过舟山还有亲戚？

我觉得脸上有些发烫，没说过吗？不会吧，我肯定说过的，是你不记得了吧？对了，我们结婚时，他还来过的，我还带着你去敬酒呢。

见我说得这么有鼻子有眼的，秀珍似乎也不再生疑，只是坐在床上折着二囡的小衣服。我有些心虚，不知道她到底是同意还是不同意。我想了想，伏在二囡身前，拉了拉她的小手。

二囡，你要听妈妈的话，爸爸回来给你带好吃的。

秀珍接了话，你可别乱买东西，她这么小能吃什么？

我一听，心里一阵高兴，秀珍这一关算是过了。

出门前，我特意跑到巷口的那个理发店剃了个光头。阿宏叔在电话里特意叮嘱过，山上人多事杂，没人帮我剃头，我要提前理好了再去。

剃完头回家，大囡正好坐在门口，她盯着我看，像看一个陌生人。我说，大囡，爸爸剃光头好看吗？大囡笑着说好看。她想了想，又补了一句，像个和尚。

寺庙叫油盐寺，离城不远，坐二十几分钟的城乡中巴就到了。站台就在山脚，去山上，有一条平坦宽阔的水泥路。站台旁停了好几辆电动三轮车，可以一直拉到庙门口。可我没坐车，我问了，去山上要十元钱，我舍不得。

我沿着山路往上走，不时有光着头的人坐着电动三轮车往山上驶去。我想他们一定也是去油盐寺参加水陆道场的。走了十多分钟，眼前现出一段岔路，有个指示牌，上面有个箭头符号，提示去油盐寺的方向。我顺着指示牌又走了十几分钟，终于看见了一个很大的寺庙。巧的是，当我看见寺庙时，日头正好被寺庙的檐牙挡住，只剩下金黄色的光芒在屋顶散发开来，这些光束让寺庙看上去巨大而又辉煌。这一刻，我忽然觉着身上一阵阵地起鸡皮疙瘩，这会是佛光吗？我有些心虚，这似乎是一个暗示。我这样一个假和尚，真的可以这样堂而皇之地跑到寺庙里去吗？

我硬着头皮往寺里走，进了大门，便遇到一位僧人。我跟他打听长了师父在哪里，他示意我再往里面走，长了师父就在靠东的那间禅房。我按照他的提示，找着了那间禅房。此刻，长了师父正在屋里整理东西，他看上去四十几岁年纪，长得很壮实，相貌也和善。我跟他说了自己的身份。他笑眯眯地说蛮好蛮好。随后，他问我有没有带水衣？我一愣，什么水衣？长了师父说，做水陆时要用的。我本来想说，这是我第一次当空班，没有水衣。但话到嘴边，我忍住了，只是说自己忘了带了。长了师父说，那你就先买一件吧。我把衣服拿给你，等下人多了，乱哄哄的，忙不过来的。我一愣，怎么还没开始，就要先付钱啊？

多少钱啊？

三十元。

我不大情愿地将钱付了。随后，长了师父便走进里屋，拿出了两件僧衣，他将其中的一件薄薄的纱质材料的衣服递给我，这个红水衣三十元，每个人都要买的。你别心疼，以后还能用的。我赶紧解释，不心疼不心疼。长了师父笑笑，又将另一件袈裟递给我，你是守元师兄介绍来的，这袈裟你就不用买了，先借你穿穿，到时还给寺里就行了。我道了谢，将外套脱下，将红水衣和袈裟依次穿上。

长了师父看了看我，说，嗯，相貌蛮好。对了，你会念经吗？

我有些心虚，嘴上却说，念过楞严咒，不过不是很熟练。

长了师父有些惊讶，这倒是难得的。他掏出手机看了看，好了，那你先出去吧，在大殿前等着，等下就要净坛了。

我应了一声，便走出了禅房。

此时，大殿前已经站了几十个人了，都剃着光头，穿着袈裟。众人嘻嘻哈哈地说笑着，等着马上要开始的净坛仪式。看上去，这些人都是老手，不像我，连净坛是怎么回事都搞不懂。说实话，站在大殿前的空地上，我的脑子全是空白，虽然阿宏叔交代过，我只要学着别人的动作就行了，可我还是紧张得不行。毕竟这是寺庙，总觉得会有某双眼睛在盯着我，我说不清楚这种感觉。

站了一会儿，有个年轻的僧人过来，给大家分发水瓶和竹枝。我不知道这是做什么用的，但我不能问，我不能让别人看出我是新手。

水瓶和竹枝分发完毕，又过了一会儿，长了师父便从禅房里走了出来。此刻，他已经换上了一身闪着金光的袈裟，面容肃穆，手捧一个白瓷的玉净瓶。他走动时，袈裟上的金线就在日光下不停地闪动，就如同电视里的唐僧一样。

长了师父一来，大殿前刚还麻雀一般叽叽喳喳的人群瞬间安静了下来。长了师父面无表情地从众人身边走过，站在了最前头。随后，其他僧人便像受到了指令，如同训练有素的军人，齐整地排列在他身后，神情肃穆，悄无声息。

南无喝啰怛那哆啰夜耶。长了师父定了定神，开腔长长地唱出一句。

我站在人群的最后，眼前是一排泛着光亮的人头，我看不见长了师父，但我能清晰地听到一个圆润饱满的声音从人群的最前头漂亮地滑将出来。我的皮肤开始一阵阵地紧缩，我感觉到一种从未有过的庄重感。

长了师父的唱腔一落，后面一帮僧众的唱腔便起，随后又是长了师父唱，众僧跟着又合，一起一落，好听得很。就这样，一群人在寺内慢慢地走着唱着，不时将手中的竹叶蘸了瓶中的净水，向四处挥洒。

起初，跟在人群后，我还显得有些战战兢兢，因为我觉着自己是这群人中最身份不明的一个。但没多久，我便适应了这样的气氛。我一边洒着净水，一边念念有词。甚至，在装模作样张嘴闭口之间，我都疑心耳边那些诵经声真是从我的嘴中发出的。

净坛仪式完成后，我便跟着众人去斋堂吃饭。进了斋堂，是一排长长的方桌。长了师父坐在最中间，其余人分两边落座。桌上的碗筷十分整齐，如同军营里一般。很快，居士们端着饭菜上来了，菜是素菜，散发着浓郁的菜籽油的味道。我用力闻了一口，真香，我都记不得自己有多久没吃过菜籽油做的饭菜了。

吃罢晚饭，便有年轻的僧人带着我们去禅房休息。一进了禅房，大家便像入了林的鸟儿一样，顿时喧腾起来。禅房里到处都是说话的声音，因为回响的关系，那声音在耳朵晃来晃去，很久都消散不了。我没有熟悉的人，便找了张床，顾自躺下。睡了一会儿，睡不着。翻来覆去，反正无事可做，便将随身带的那本楞严拿出来翻。

等到晚上八点钟左右，那个年轻师父又进来了，让我们熄灯睡觉。很快，房间里的灯熄了，嘈杂的声音也逐渐消散。起初还有人说上几句话，但这声音很快也被深深的寂静所淹没。

虽然我平时睡得早，但今天，我却很难入睡。我不知道有多久没跟秀珍分开睡过了，躺在这个有着几十个陌生人的房间里睡觉，让我觉得非常不适应。翻转一阵，还是睡不着，索性便将手机打开，用手机的光亮对着那本《楞严经》，继续默念着。这时，旁边的人有些不高兴了，说你不要开着手机，你开着手机，那么亮我怎么睡？明天一早还有早课呢。没办法，我只能将手机关上。我躺在床上，瞪着屋顶。其实，我什么也看不见，只有黑，深不见底的黑。我还闻见房间里有一股奇怪的味道，汗味、体臭，还有檀香，纠缠在一起，说不出的怪异。很快，有睡熟了的人开始说梦话，还有人打呼噜、磨牙。黑暗的空间里，还不时传来某种怪异的声音，这些原本微小的声音在空旷的禅房里被放大，黏在黑乎乎的空气里，似乎能看见它们变成了各种形状，四下飘荡。

凌晨四点的时候，有僧人来叫醒。此时，我刚入睡不久，眼皮就像两道石闸门，沉重疲乏。房间里的灯打开了，光亮像针一样穿过眼皮，往眼珠子里扎。我侧过身，躲着光线，然后用左手用力地抠自己的右手虎口，试图这样能让自己清醒一些。

人们陆续起来，穿戴完毕，打着呵欠，三三两两地往门口走。我也挣扎着起来，跟在人群后。迷迷糊糊走到门口时，突然一阵奇冷的风吹来，身体便抽筋般打个冷战，脑子顿时就清醒了。

我尾随着众人穿过禅房和大殿之间那段黑暗并且湿冷的石子路面，来到大殿的门口。在这里，僧人们又排列一番，然后悄无声息地从大殿门口往里鱼贯而入。

长了师父闭目端坐在金黄色的蒲团之上，在他身后，是一尊垂目俯视众生的释迦牟尼佛。众人进入大殿，在长了师父的两边分别站立。长了师父睁开眼睛，朝两边扫视一遍，然后又闭上。

过了一会儿，一群不是和尚打扮的人从大殿外走了进来。领头的手中捧着一个龙形香炉，走进后，便虔诚地跪倒在地上。这时，有僧人敲打起了法器，长了师父开了嗓子，第一句唱的是南无楞严会上佛菩萨，妙湛总持不动尊。我耳朵一紧，听出长了师父唱的是楞严咒。虽然他的语速很快，但楞严咒起始的两句，我却是熟悉的。

听上去，长了师父唱的似乎要比昨天还要好些，虽然声音不如昨天清亮，但可能因为大殿内回响的缘故，反而多了浑厚和庄重。长了师父一开腔，整个殿内的气氛似乎都凝固了，我闭着眼睛，觉得身体正慢慢地变得澄澈起来。

四点半开始的早课，进行了大概一个钟头左右。早课结束后，大家去斋堂吃了饭，然后跑回禅房睡回笼觉。等到七点十五分左右，预备钟开始敲响，提醒众人做好准备。七点半，鼓声起了，佛事要开始了。一群人便又离开禅房，回到大殿。

和早课相比，白天的佛事，香客数量明显多了，大约有几十人，将大殿的一角填得满满当当。早上的佛事，念的是梁皇忏。第一节，念四十分钟，然后休息半个钟头再继续。梁皇忏我不熟悉，站在人群后，脑袋变得昏昏沉沉，眼皮也开始打架。好容易捱到休息时间，我便匆匆赶回禅房，想抽空打会儿盹。可这时的禅房却开始热闹起来，不知谁拿了一副扑克，大家挤在一起玩一种叫斗牛的赌钱游戏。声音此起彼伏，直往耳朵里头钻，让人心烦意乱。唉，又没法睡了，算了算了。我又起身，拿着《楞严经》胡乱翻着。不知什么时候，有个人也坐到了我身边，看我手上的《楞严咒》。这个人看上去年纪很大，我认得他，早上的时候，他就站在我旁边。

你这么认真，想当大和尚吗？

我不好意思地笑笑，哪里，我是不会念，所以要多练习。要是能念得像你那样好就好了。

我一说，他却扑哧笑了，你觉得我会念经？

当然，早上我就站在你旁边，你经文念得熟。

他又笑，这样，你念一段楞严。你念的时候，注意看我的嘴巴。

我不知道他什么意思，便照着做了。我盯着他的嘴巴，看见他的嘴唇随着我的声音准确地张合。经起，嘴动，经止，唇闭。不过，虽然他的嘴唇拿捏得很准确，可仔细看，还是能看出他嘴唇的发声形状和正常的发声有些不一样。

看出来了吧？哈，我根本就不会念经。你也不想想，我这么老了，如果经文念得好，怎么还会在这里做空班？他往我身前凑了凑，其实做空班会不会念经都不要紧，只要会动嘴皮子就行。当然喽，动嘴皮也不是乱动，也有诀窍，比如张合大小，表情什么的，都要配合好。

我下意识地张了张嘴，却感觉不发声比发声还要难。

哈，没那么容易吧？虽然是装样子，但也要花心思的。你想想，做空班，在那里一站就是半天，还要一直集中注意力，要跟着经文准确地张合嘴唇，怎么会容易？现在很多年轻人来站空班，心血来潮了，嘴巴就像安了弹簧一样动个没完。一旦站得烦了，嘴又沾上了胶水。你说说，这样怎么行？起码嘴巴要动得勤些，架子要搭得像些。我看你像个有上进心的人，就跟你说说废话，虽然空班是这一行里最底层的，可好歹也是个饭碗，既然是饭碗，就得端好，是吧？你还年轻，以后机会多，说不定什么时候就不做这个了。但不管怎么样，既然现在在做，你就应该把它做好。我就看不惯现在的年轻人，吊儿郎当的，好像当空班委屈了他似的。你说，一个不爱惜自己饭碗的人，还能有什么出息？

老空班的话听得我频频点头，我觉得他说得很对，既然是个饭碗，就一定要想办法端好。我还想再跟他探讨些当空班的诀窍时，第二节佛事又要开始了。房间里的人嘈杂一阵，便跑出去，往大殿里赶。

上午的佛事，一共要做三节。可能是前两节的时间拖得有些长，最后一节就显得匆忙了。按照寺里的规矩，不论最后一节有没有做完，十点半前，早上的佛事是一定要结束的。因为僧人们讲究过午不食，从十一点开始，便是中午了。下午还有许多事要做，总不能错过饭点，饿着肚子熬一下午吧？

吃过午饭，我忽然很想抽烟。来这里后，我一根香烟都没抽过。可我又不敢抽，生怕别人看见。我走到寺院的围墙外，随手从边旁的桂花树上折了根细枝，当作根烟放在嘴里叼着。我站在树下，我听见檐牙上的挂钟叮叮咚咚地响，随后，我便觉着一阵风过来了，吹得身边的桂花树一阵窸窸窣窣地抖动。我依在桂花树上，叼着树枝，眯着眼看山下像火柴盒一样大小的房子以及远处蓝色的海，觉得满心的自在。

　　我想，如果还有机会，我还会出来当空班的。

7

这天，临中午时，醒来后，我看见秀珍坐在床头，正拿着一份报纸在看。我疑心自己的眼睛出了问题，用力揉了揉。

你在看什么？

招工信息，我想出去找份工作。

我一愣，但很快我便明白了秀珍的用意。等过了夏天，大囡就要上小学了。我们没有城市户口，要想留在这里念书，得交八千元的赞助费。这个时候，对我们来说，八千元可是一个非常大的数目。

可我不想让秀珍出去工作。结婚时，我跟她保证过，一辈子都不让她去上班。我负责到外面挣钱，她就在家里做家务、带孩子。我是这么说，也是一直这么做的。

可秀珍对我的说法却不以为然，以前年轻时说的话怎么能算数？再说了，那时我们不是还在乡下吗？你看看现在，花销那么大，就你一份工作，怎么够？

我还想再说些什么，秀珍却认真了，你不要劝我了，我已经想好了，我得去找份工作。反正白天你在家也没事，就辛苦些，帮着带带大囡和小囡。等大囡上学了，就轻松了。

我不再说话，点了根香烟抽。

秀珍问我，你是不是不高兴了？

我摇了摇头，没有啊，怎么会？我都让自己女人出门挣钱了，我还有什么资格不高兴？

秀珍摸了摸我的头，笑笑，怎么像个孩子一样？好了，别不高兴了，帮我参谋参谋。你看，这是我今天早上特意去买来的报纸，听说现在的招工信息都在报纸上登着呢。

我一愣，看来秀珍找工作的念头不是一天两天了，只是瞒着我而已。

秀珍拿着报纸，用手指在中缝的招工信息处认真地比划着。

你看，这个饭店在招洗碗工。我斜了一眼，用力摇头，不行不行，这种活儿太苦，手都要被泡烂的。随后，秀珍又看中了一个钟点工的活儿，我又摇头，那是旧社会丫鬟干的活儿，我怎么能让你去当丫鬟呢？秀珍又找了个帮别人白天带孩子的活儿。我依旧把头摇得跟拨浪鼓一样，那就更不行了，家里还有大囡二囡呢。扔下自己的孩子去带别人家的孩子，让别人知道了，会怎么说我们啊？

秀珍不高兴了，她将报纸一扔，盯着我，这也不行，那也不行。你是不是存心不让我去找工作？我赶紧说好话，我怎么不让了，不是帮你一起看着吗？我跟你说，这找工作又不是去市场买菜，哪有那么方便？再说了，就算买菜，也要挑挑拣拣不是？

秀珍青着脸，我没经验，又没文凭，难道你还想让我去找份坐办公室的工作啊?

　　秀珍不再理我,转身去哄刚睡醒的二囡。我顺着报纸的中缝从上往下认真地看着,突然发现有个超市在招营业员。我盘算了一下,超市营业员,成天在屋里头上班,风吹不着,雨淋不着,这活儿倒还不错。

　　吃了午饭,我对大囡说,大囡,爸爸带你逛街去。大囡听了,便兴高采烈地爬上了我的自行车后座。我好久没带她出门了,大囡挺兴奋,拉着我的衣服后沿,嘴里喊着,嘟儿驾,嘟儿驾。我笑着骂她,你个死大囡,把你爸爸当马啊。

　　转了一圈,我便去了报上登的那家超市。我知道,这次秀珍是铁了心要出来工作了,既然不能说服她,那我就得把好关。这可是秀珍嫁给我后第一次找工作,一定得慎重,千万不能让她吃苦。

　　我停下车,将大囡抱下来,走,大囡,爸爸带你买薯片去。大囡笑眯眯地说,爸爸,你今天怎么这么大方啊?我说,难道爸爸平时很小气吗?大囡用力摇头,爸爸不小气。

　　我和大囡进了超市。说实话,一进门,我就喜欢上了这地方。虽然不是很大,却显得很有派头。整齐的货架横了一排又一排,地面上铺着土黄色的瓷砖,尽管是大白天,超市里却开着电灯,灯光落在瓷砖上,泛着光,显得特别干净透亮。

　　超市里有两个营业员,穿着统一的白色制服,显得很神气。站在货架前,我不时去偷看那两个营业员,我想,要是秀珍穿上和她们一样的白色衣服，一定比她们好看，比她们神气。

走出超市，我问大囡，大囡，以后妈妈也到这里来上班好不好？大囡说，好，那我以后就天天有薯片吃了。我笑笑，摸了摸她的后脑勺。

回了家，秀珍正在给二囡喂奶，我就在旁边看她，秀珍发现了，脸一红，你看什么？

我嬉皮笑脸地说，我在想，要是你工作了，二囡吃奶怎么办？

那个没事，我可以把奶先挤在奶瓶里的。就像牛奶一样，吃起来也方便的。秀珍怔了怔，不过，吃奶方便有什么用，你又不让我去工作。

这时，大囡便在一旁嚷嚷，妈妈，我刚才和爸爸去你上班的地方看过了。

秀珍一愣，什么我上班的地方？

我说，超市啊，报纸上登了，有个超市在招人。

我翻出那张报纸，指给秀珍看。秀珍看了，却显得有些不自信，去超市上班，我行吗？

怎么不行？我将大囡叫过来，大囡，你说，超市里的阿姨有没有妈妈好看？大囡点了点头，但很快又摇了摇头，妈妈比她们好看。

听了大囡的话，秀珍也笑了，你别听你爸爸瞎说。

我看秀珍笑了，便趁热打铁，我去看了，那超市真心不错，里头上班的人都穿白色的衣服，别提多干净了。你说，不是干净的地方，谁敢穿白衣服啊？我看仔细了，超市里不仅环境好，活儿也轻松，基本没什么事做，待在房间里头，雨淋不着，日头晒不着，简直就跟当了领导干部一样。

怎么可能像你说的那么轻松？那么好的地方，我肯定做不来的。

怎么做不来，不就是坐着收收钱嘛？坐累了，就起来四处转转，跟锻炼身体一样，太简单了，我看连傻子都能做。

你才是傻子呢。秀珍低头想了一会儿，反正，你说行，那我就去试试吧。

这一天早上，我便陪着秀珍去那家超市参加应聘。面试的地方在超市的二楼，一到地方，我才发现来应聘的人那么多，清一色的妇女，站在狭窄的过道上，都有些拥挤了。看到这阵势，秀珍似乎又胆怯了，她低声跟我说，要不还是算了吧，你看我什么都不会。

来都来了，怎么能算啊？放心，不就是营业员嘛，又不是考航天员，没那么可怕的。

过了一会儿，秀珍又说，我看我们还是回去吧，两个孩子都在家里呢，我不放心。

有什么不放心的？大囡那么懂事，肯定能照顾好二囡的。

秀珍不再说话，咬着嘴唇，将衣服角往自己的手指上使劲地缠着。她看上去紧张得不行。

我想了想，问道，秀珍，你识数吗？

秀珍白了我一眼，看你问的，我怎么会不识数啊？

是啊，识数就够了啊。营业员不就是记数字嘛。我跟你说，无论是什么人，归根结底都一样。有没有本事，就看你在不在那位置上。我跟你说过没有，我们村里原先有个人，连小学都没毕业，可他还不是当了我们学校的代课老师。

秀珍噗嗤一声笑了，难怪会教出你这样的学生。

我也笑，好了，别担心了，肯定能通过的。

就这样，我们在走廊上等了半个多钟头，终于轮到秀珍了。这时，她又胆怯地看了我一眼，我拍了拍她的肩膀，去吧，胆子大些。有我呢，没事儿。

秀珍进了办公室，我就站在外头等。说实话，我觉得自己现在比秀珍还紧张。我倒不是紧张她能不能获得这份工作，我是怕她受挫折。跟我结婚后，秀珍一直都待在家里料理家务，很少出门。这是她第一次应聘，我又把话说得那么满，要真应聘不成，我怕她会受不了。我有些不安地在走廊上来回踱步，踱来踱去，我看见墙上贴了一排超市员工的照片。看上去，这个超市的店长还挺年轻的，好像还有点像一个挺有名的香港歌星。

终于，秀珍出来了，她的脸涨得通红，也不知道面试怎么样了。

我赶紧迎上去，怎么样？

秀珍显得有些沮丧，里面坐着两个人，都是男的。本来我是准备好了说的话，可他们一开口问我，我就紧张得连气都喘不上来。唉，不行不行，这次肯定是不行了。

我赶紧安慰她，怎么会不行呢？你看，你这么紧张，恰恰说明你这个人很淳朴，现在淳朴的员工去哪里找啊？放心，他们肯定能看中你的。

你是没见其他的人，肯定都说得比我好。

你怎么知道？你又没听见她们说。好了，别管人家了，放心吧，这个事情我来帮你想办法。

秀珍低头不语。回家的路上，她一直显得情绪不高。我理解她，她已经太久没有跟这个社会接触了。工作不工作，我都不在乎。我宁可自己苦些，也不愿她在外面工作。我怕她受累，受委屈，我知道钱不是那么好挣的。

回家后，秀珍不再提工作的事，她默不作声地做饭。我看着她，坐在门口大口抽着烟。我也在犯愁，该怎么弄才能把这份工作弄成呢？我用力揉了揉自己的太阳穴，这时，我看见了大图画在地上的方格子，这是她用来玩跳房子的。我的脑瓜子一闪，想到了某种动物。我迅速地起身。跟秀珍说，我出去一趟。说着，还没等秀珍答话，我便急匆匆地推着自行车出了门。

我骑着车，到了附近的那个农贸市场，买了一个红色的塑料桶。然后又转到菜市场，花一百元钱买了一只鳖。

我拎着桶回到家里，秀珍奇怪地看着我，你不吃饭，跑去买只桶做什么？

我笑眯眯地说，给超市的领导买礼品啊。

你别骗我了，哪有用塑料桶送礼的？

大囡也走到桶边，大叫道，妈妈，爸爸买了只乌龟。

大囡，这可不是乌龟，这叫鳖。爸爸要用这只鳖给妈妈换个工作。

说着，我便从屋里翻出把小刀子，然后蹲在地上，沿着塑料桶的内壁划出一圈又一圈的划痕。划好后，我用塑料打火机的外壳小心地将划痕磨平，再用干布用力地打磨。打磨好了，我微微向后靠着身子端详，不错，这一弄，划痕基本已经看不出来了。

秀珍在旁边看戏一样地看着我，满脸狐疑，你这到底在搞什么名堂啊？

我笑嘻嘻地说，不是告诉你了吗，给超市领导送礼啊。

就送这只鳖吗？

是啊。

秀珍没再搭话，我想，她肯定认为我脑子里的哪根筋搭错了。

吃过饭，我给朋友阿良打了个电话。阿良是我以前做漆匠时的搭档，现在，他在城里骑三轮车。我让他晚上把三轮车借我用一下，阿良问我几点用，我说九点，阿良说没问题。

等到晚上八点半，我就出了门。出门时，正好落下些细雨。我心里暗自高兴，真是天助我也。我赶到东门庵堂的门口，不到一根烟的工夫，阿良骑着车来了。我赶紧给他拔烟。

没耽误你拉活儿吧？

没事没事。

我们站在一起抽烟，阿良问我，对了，如果有空余的三轮车，你要不要？

当然要啊。

那行，那我有数了。

阿良走了，我便骑着三轮车往那个超市赶。我将三轮车停在门口，等着。大概九点半的时候，我看见那个年轻的店长从里头走了出来，还没等我招呼他，他先冲我招手，他要坐三轮车。我赶紧骑着车迎上去。

他的家离超市不远，五六分钟就到了。我暗自庆幸，这要不是下雨，也许他就不会坐我的三轮车了。到了地方，他掏出五元钱递给我，我推掉了，笑眯眯地说，我不要钱。他疑惑地看着我，你为什么不要钱？我说，我不但不要你的钱，我还要送你东西。听了我的话，这个长得像明星的店长有些莫名其妙，甚至还有些慌张。

你等会儿啊。我起身将三轮车的人造革坐垫打开，从里面提出一个桶。我笑眯眯地把桶放到他面前。

我老婆今天去你那里应聘了。

听了我的话，那个店长才恍然大悟。他弯腰瞟了瞟我手中的那个桶，刚才还有些惊慌的神情突然变得不屑了起来。

什么意思，送我个鳖吗？

我明白他的心思，一只鳖，他显然是看不上的。

你不要小看了这只鳖，这可不是普通的鳖。

鳖就是鳖，还有什么普通不普通的吗？

店长啊，我告诉你，这可是我们那里的野山鳖，很名贵的，要是以前，这鳖可都是进贡给皇帝的。现在，这鳖已经快绝种了，一年也捉不到几只，市场上根本就见不到。

那个人就弯下身子看，我还真看不出这玩意还是什么贡品，你不是糊弄我吧？

怎么可能呢？我的老婆想去超市上班，我还糊弄你，我脑子进水了啊？你看看，我这个塑料桶，内壁光滑吧？这样的桶，普通的鳖肯定爬不出去，但这个野山鳖就不一样，它能从里面爬出来。

店长的兴趣被我给调起来了，那你赶紧让它爬一下啊。

我从口袋里掏出一个装着鱼肠子的塑料袋，将鱼肠子拎在手里，悬在那只鳖的头顶，晃荡几下，很快，那鳖便闻到了味道，探头去咬。这时，我又将那鱼肠子往旁移，诱着它爬到桶壁旁，再将鱼肠子慢慢拉高。这鳖见肠子往上走了，便将前掌架在桶壁上，滑了两下，适应了，在鱼肠子的引诱下，竟然沿着几乎垂直的内壁往上爬。快到桶口的时候，我赶紧将桶抖了抖，把鳖抖落回去。

店长看得意犹未尽，这样的鳖我还真是第一次看到。

这可是花了大本钿才搞到的。你看这只鳖还是雄的，你吃了，效果不要太好。

你又乱说，鳖还有雌雄。

当然有，你看它的尾巴，这样长的是雄的，短了，就是雌的了。你这样的年纪，吃雄鳖最好，龙精虎猛。

店长又看了看桶里的鳖，那行，那我就收下了。

那我老婆的事。

让她等信吧。

说完，店长就要拎桶进门。我赶紧拦住他，对了，店长，你家有浴缸吗？

有啊。

那最好了，你把桶提进去，把鳖倒在浴缸里。这种野山鳖最是娇贵，放在桶里，过一夜就死了，死了就不能吃了。这桶我拿回去，反正留在你那里也没用。

店长将信将疑地看了我一眼，你的名堂还真多。

我笑了笑，不是我名堂多，是这鳖的名堂多。

8

中午，阿良给我打来电话，让我一起吃中饭。说，三轮车的事已经帮我弄好了。我赶到饭馆，看见阿良已经在那里了。阿良点菜，我就问他，哪里来的车啊？

阿良说，我的。

我一愣，你不骑了？

不骑了，也没什么大意思，讨饭生活。我认识了一个人，在兰州开了家具厂，让我给他干漆活儿去，工资还挺高，反正也是老本行，我就答应了。

我说，是啊，听人说兰州那边开家具厂很赚钱。

阿良说，赚钱也是老板赚，我就赚点工资。

我说，那也好的。我敬了他一杯酒，以后发财了，别忘了我。他就笑，我能发个屁财。哎，你有没有兴趣，要不你跟我一起去兰州。我苦笑了一声，我怎么走得出，还有秀珍和两个孩子呢。

就着酒，说了会儿闲话，阿良告诉我，这三轮车分两种，一种是城区牌照的，一种是乡下牌照的。城区牌照的车子租金贵，也不容易租到。他这辆是乡下牌照的，一个月租金五百。明面上，这车和城区牌照的一样，租金还省些，可就是怕交警查，查到后，又扣车又罚款的，很麻烦。

阿良的车还剩半个月的租期，他让我过了这半个月再去交钱。我赶紧掏出三百元钱给他，阿良却死活不要。等到酒菜结账时，我赶紧抢着，不肯让阿良付。阿良没再跟我争，走到门口长长地伸个懒腰，指了指对面的三轮车，说，喏，车你骑回去，以后小心一些，看见交警就早点躲开，否则那点车钱还不够你交罚款的。说着，他挥了挥手，就走了。

阿良走了，我用力拍了拍三轮车的人造革坐垫，兴奋地往家里赶。到了家，大囡正在大门口玩，看见我骑着辆三轮车回来，又兴奋又意外。

爸爸，这三轮车是谁的啊？

是爸爸的，大囡喜欢吗？

大囡夸张地睁大眼睛，啊，你不会骗我吧？

爸爸怎么会骗你呢？快去把妈妈和二囡叫出来，爸爸带你们去兜兜风，好不好？

大囡赶紧跑到里头叫出了秀珍和二囡。秀珍抱着二囡，看着三轮车，也有些发傻。

你哪里弄来的车子？

是阿良的，他把车子让给我了。反正我白天那么空，正好骑着三轮车去赚点外快。

你那么早起来送报纸，白天又要去骑三轮车，受得了吗？

怎么会受不了呢？我上午回来补一觉，下午再去骑车啊。我跟你说，我这个年纪，力气是越用越多的，要是不用，骨头会生锈的。

秀珍还是担心，不过她也没有多说什么。她也明白的，我只是为了多挣些钱而已。

我骑着三轮车，载着秀珍和大囡二囡，沿着桃源路一直往南走，绕过城南的溪边大道，又顺着中兴路、天寿路走一圈，一个下午，我几乎将城里的角角落落都骑了个遍。大囡和二囡坐在车里，吵吵闹闹的，显得很兴奋。我也兴奋，这一路骑下来，我丝毫不觉得累，反而觉着身上有着使不完的劲。

快到家的时候，我的手机响了，是一个陌生电话。我接了，一听，竟然是超市的那个店长打给我的，他说秀珍已经通过面试了，明天就可以去超市上班。我连声道谢。这好几天没有音讯，我还以为我那只鳖白送了呢。

店长说，对了，你上次送的那只鳖，好像效果不错，我老婆都夸我了。你什么时候再给我弄一只啊？

我连连答应，没问题没问题。

搁下电话，秀珍便问我是谁打来的。我没说话，用力叹口气，只是默不作声地骑车。秀珍见我不说话，便急了，发生什么事了，你告诉我啊？

我装出神情肃穆的模样，说，既然你听见了，我也不想瞒你，但你要答应我，听了以后，可千万不能激动。

被我一逗，秀珍的神情显得愈发急切了。

你倒是赶紧说啊。

我调整了一下情绪，将声音压低，缓缓地说道，是这样，刚才有个人给我打电话，说让你明天去超市上班。

秀珍一愣，似乎没从我低沉的口气中缓过劲来，等她反应过来后，突然伸手在我大腿上用力拧了一把。我嗷的一声惨叫，说，让你别激动别激动，你还那么用力。大囡和二囡坐在旁边，咯咯地笑个不停，笑了一会儿，大囡还帮着她妈妈拧我。

但高兴了没一会儿，秀珍又开始发愁，我去超市上班，你去骑车，那两个孩子怎么办，谁带啊？

大囡这么大了，没事的。二囡嘛，我也打算过了，我们巷子口不是有个私人托儿所吗？我好像听他们说一个月两三百就够了。反正我们都有了工作，就贴点钱，把二囡寄在那里。

可二囡还这么小，怎么放心放人家那里？

那有什么？别人家的孩子不也放那里啊？你想想，眼下不也是没办法嘛，特殊情况特殊对待，等以后赚了钱，我就专门给二囡请个保姆，让她过过衣来伸手饭来张口的大小姐生活，好不好？

秀珍低头不语，我知道，她又在东想西想了。我便安慰她，你看那些外地女人，生那么多孩子，手上牵一个，怀里抱一个，背后的竹篓里还背一个，照样不是出门干活儿啊？别人能行，我们为什么不行？

秀珍笑笑，伸手将大囡搂在了怀里。

从这天起，每天，秀珍都要赶在八点半前去超市，那时，我还躺在床上补觉。秀珍会去菜场买了菜，洗干净，切好，一盘盘整整齐齐地放着。这样，等到做饭的时候，我就不用手忙脚乱了。然后，她会自己做好早饭，吃了，再把二囡送到弄堂口的那个托儿所。这样，这一天，她就不回来了，直到晚上九点，超市下了班，我才能见到她。有一阵子，我很不喜欢这样的感觉，似乎她才是在外打拼的人，而我，更像一个无所事事的小白脸。不过，时间久了，也就习惯了。我还会觉得以前的想法很奇怪，像我这样的人，还有什么脸皮坚持不让自己的老婆出门上班呢？

早上这一觉，我一般会睡到十点左右才起来。醒来后，我就开始做饭，做饭不费事，将米淘洗干净，放入电饭煲，然后，再将秀珍准备好的菜在锅里翻炒，熟了，和大囡一起吃。吃完，我会去托儿所看看二囡。我从来不进去，就躲在门外看。我怕二囡看见我，会不让走，我更担心自己会心软，软得走不动路。

回到家，我灌上满满一大塑料杯的茶水，然后骑着三轮车出门。大囡则待在家里看家，她是个好孩子。给她一张白纸，一支铅笔，她能一个人涂涂画画待上一天。

三轮车生意并不如我想象的那么好做。刚开始那阵，的确不错。那时，天气还凉爽，正是三轮车的旺季。平均每天我都能拉上一百多元。人们喜欢坐在车上，吹着习习的凉风，看着三轮车夫吭哧吭哧地踏着脚镫子。但这样的好景并不长远，今年的天气很怪，过了立夏，天气突然就发了疯。夏天来得迅猛，似乎昨天还穿着春装，一夜过后，便是汗衫短裤了。天气热了，大家就不喜欢坐三轮车，而喜欢坐出租车了。出租车有空调，受不着冷热，比三轮车舒服。

没有生意，我就着急了起来，早上，我也睡得少了，我希望能到街上多转会儿。我将饭菜烧好，让大囡中午时自己吃。到了中午，我也不回家，路边买上两张麦饼，找个阴凉的地方，将大饼就着茶水吃。我得节省时间，我不能让自己停下来。说实话，要是骑车的中途回到家里，那股舒服劲会让我不愿意再跑出来。有一天中午，我回去过。我实在是觉得累，便在床上躺了一会儿。大囡坐在我旁边，拿着笔给我画像。我就那样躺着，几次，我都想着要出去骑车，可是，每当要起来时，我都会劝自己再躺一会儿，再躺一会儿，我就更有力气了。再躺一会儿，大囡就可以画好了。结果，我就睡着了，再也没有出去。我并没有我想象的那么意志坚定，我不能给自己偷懒的机会。

天气一天比一天热，柏油路上热浪滚滚，那热浪的形状似乎眼睛都能看得见。出门没一会儿，身上便笼了薄薄的一层盐。我带去的足足一升半的水，没多少工夫，就会被我喝光。有时，我甚至疑心我的身体有个洞，那些水都从洞里头漏出去了。

断了水，我就骑车绕到东门庵堂去，那里有几个好心的老师太，每天都冒着酷热用锅炉烧水，免费供应给需要的人。去的多了，她们都认识我了，每次我去时，总会笑眯眯地说，别急，太热了，多坐会儿。可我没有心思坐，我心里就像着了火一样。这热浪时时刻刻在提醒我，夏天正在一天天地过去，我已经没有太多时间了，我得赶在八月十五前把大囡的八千元赞助费给挣出来。我算过账了，时间还剩下两个月，这两个月，我大概能从发行站拿到三千元的工资，秀珍差不多能拿到四千四左右，刨去吃饭租房的花销，应该还能剩下四千多。这样，另外的四千元，就要从这辆三轮车里出了。可看眼下的生意，两个月要挣出四千元来，我还真的一点把握都没有。

每次吃完饭，我都会安静地坐在门口，点上一根烟，慢慢地吞吐，那是我一天中最享受的时光了。我抽烟的时候，大囡喜欢坐在旁边，看着我的眉眼在飘散的白色烟雾中慢慢舒展开来，她看上去比我还要满足。大囡总问我，爸爸，你为什么要抽烟，抽烟是什么感觉啊？我说，爸爸抽烟时就像神仙一样的快活。大囡就呵呵地笑，问我神仙一样的快活是怎么样的？我回答不上来，就伸手赶她，大囡，你不要靠得这么近，爸爸在抽烟，小孩子不能闻。于是，大囡便跑得远一点，依旧认真地蹲着看我抽烟。

这天，吃完晚饭，当我开始收拾碗筷时，大囡突然问我，爸爸，你为什么不抽烟了？我一愣，觉得心里微微有些难过。这孩子，我轻轻摸了摸大囡的头。

爸爸现在不喜欢抽烟了。抽烟一点都不好，嗯，太苦了。

大囡扑闪着眼睛，爸爸，可你以前不是说，抽烟就像神仙一样吗？

我一愣，爸爸说过那样的话吗？我不记得了。好了，你去玩吧，爸爸还要洗碗。

大囡不情愿地走开。我想，她肯定不能接受我戒烟的理由。

下午，我骑完三轮车回家，便开始烧饭。等到要炒菜时，我发现酱油没有了，就叫大囡给我去买瓶酱油来。大囡拿着我给她的五块钱，高高兴兴地跑了出去。等她回来时，她拿着酱油，眼睛却是红的，一边走，还一边抽动着肩膀。

怎么了，大囡？

大囡眨了眨眼睛，眼泪就哗啦啦地流了出来。我赶紧伸手给她擦眼泪，说，大囡别哭，快跟爸爸说说怎么回事？大囡就带着哭腔告诉了我原因。大囡说，她去买酱油时，看见地上掉着半包香烟，就捡了起来。结果被别人看见，将香烟抢过去不说，还骂大囡偷他香烟，是贼胚子。

爸爸，我没有偷他的香烟，我真是地上捡的。

说着，大囡又开始抽泣了起来。听了大囡的话，我感到鼻子那里一阵地发酸，我相信她没有偷人家的香烟，我也知道，这孩子为什么会去捡那半包香烟。

我将手里的菜放下，又擦了擦她的眼泪，大囡，你不要哭。爸爸明白，你是捡的，你怎么会偷东西呢？爸爸相信你，没事，啊，不哭。

就这样，我对着大囡哄了一阵。等她不哭的时候，我就说。

哎呀，你看看爸爸这脑子，家里醋也用完了，还得再去买瓶醋。

大图说，爸爸，我帮你去买吧。

我说，不用不用，你留在家里把二图看好，爸爸一会儿就回来。

说完，我就匆匆地出了门。一走出大门，我的脑袋便开始嗡嗡作响，我觉得浑身的热血都在往脑袋里冲。我风一样地冲到街口那个小店，站在门口，看见一群人正在里面打麻将，乱哄哄的。

刚才是谁骂我女儿贼胚子？

我站在门口问了一句，但里面太吵闹，根本没人注意到我说的话。于是，我又站在那里大吼了一声，刚才他妈的是谁骂我的女儿是贼胚子？

这时，房间里的人都注意到了我，纷纷扭头来看。小店的那个老板看情况不对，赶紧走过来，讨好地拍了拍我的肩膀。

都是误会，没有恶意的，算了算了。

我一把推开了他，没什么误会。刚才是谁骂的我女儿，给我站出来。

这时，终于有个有着一头稀疏油发的中年男人在一旁站了出来，他显得有些紧张，身体微微哆嗦着，似乎被我给吓到了。我冲过去，一把揪住他的衣领子，是你骂的吗？是你他妈的骂的吗？你骂一个孩子算什么本事，你有本事骂我试试看，来，你骂啊！

我拽着他的衣领，使劲往他身上靠，似乎要将他从地上提溜起来。一时之间，他被我吓坏了，一语不发，身体也抖动得愈发厉害了。这时，旁边的人看见我要动手，都纷纷上前来拉，算了算了，他也不是有意的。你也真是，一个大男人，骂人家孩子干吗？

虽然许多人劝，但我不打算放过他。如果今天是我被人欺负了，我不会计较，我每天都在外面受欺负，没什么好计较的。可是我的亲人不行，不管是大囡、二囡，还是秀珍，只要有人敢欺负她们，我就要跟他拼命。我拨开劝架的人，再次将这个人的衣领拉了过来。

就在这个时候，我看见了大囡。她抱着二囡，正站在门口，眼神惊慌地看着我。我心里一紧，赶紧将手松开。我扭头恶狠狠地瞪了那个人一眼，然后笑着朝大囡走过去。走到门口，我摸了摸大囡的脑袋，没事的，别怕。随后我俯下身子，将大囡和二囡一手一个，抱起来往家里走。走着走着，我感到喉咙口一阵一阵地堵，接着，眼睛就开始模糊了起来。

我将头用力仰了仰，我可不能让孩子看到我在流泪。

吃完晚饭，我坐在桌前，看着大囡和二囡，没一会儿，我就坐不住了，我觉得闲得发慌。

晚上要比白天凉快，三轮车的生意肯定也要好一些。

可两个孩子怎么办呢？晚上我是从来不出门的。因为秀珍在超市上夜班，要到九点钟才能回来。秀珍不准我晚上出门，她不放心将大囡和二囡留在家里。其实，我又怎么放心？可放着这大好的赚钱机会待在家里，我又实在是坐不住。

终于，我还是忍不住了。我问大囡，如果爸爸出去一会儿，你能带牢妹妹吗？

大囡看着我，用力地点了点头。

那好，爸爸就出去一会儿，好吗？爸爸把门锁了，谁敲门也不要开，知道吗？

大囡又用力点头，放心吧，爸爸，我一定会照顾好二囡的。

我摸了摸大囡的头，又看了看二囡。这时，二囡也睁着一对圆圆的眼睛，扑闪扑闪的，似乎也听懂了我的话。我顿时觉得眼睛有些模糊。

我将门锁了，骑着三轮出了门。和我想的一样，晚上的生意的确要好过白天，一出巷弄口，便有一对年轻人要去南门的公园。他们到了地方，刚下车，又有人要上来。其实，到了热天，三轮车赚的就是夜里的钱。人们在空调房里闷了一天，都想出来走走。吃了饭，洗过澡，出来吹吹这习习的凉风，多么惬意的享受。就这样，一个又一个的乘客上了我的三轮车，生意好得出奇，可我的情绪却一直提不起来，甚至当我从他们手里接过钱时，我都觉得自己像在出卖什么一样。

回到家时，灯光还亮着。我推开门，秀珍已经回来了，她坐在床沿上，低垂着头。大囡站在一边，也低着头，像是犯了错。房间内的气氛有些不对，我忐忑地走进房间，故作轻松地问道，你们这都是怎么了，蔫头耷脑的？秀珍抬头看着我，她的眼神中有一丝绝望和怨恨。我从来没见过她这样的眼神。在短暂的对视之后，她突然冲我大吼了一声，你是不是想钱想疯了？这大晚上的，你就硬心肠把两个孩子扔在家里。万一出点什么事，该怎么办？秀珍的话，就像刀子一样，一刀一刀的往我心头上剜。我也难受，可我的脸上还是得装出笑容。

怎么会有事呢，你看大囡，多懂事啊。

这时，大囡也伸手去拉秀珍的衣角，妈妈，我不怕的，我能照顾好妹妹。

秀珍低下头，用力抱住大囡。

晚上睡觉时，我试图抱抱秀珍，讨好一下她。可手一碰到她的身体，她就挣脱了，转过头，一副公事公办的样子。我心里叹了口气，其实，我心里也很后悔。想想也是后怕，这个地方住的人复杂，真要出点事情，可怎么得了？秀珍说得对，我是疯了，我不应该这么做，太危险了。可是，我们真的需要钱，还有什么更好的办法吗？

9

吃过早饭，没睡一会儿，我便骑车出门。今天天气还不错，可能是因为台风要来了，显得阴凉。天气好，生意自然也要好些。一出门，我就做了两单生意。车骑到桃源桥，又有人拦车，忽然有辆空三轮飞快地从我旁边骑过去。骑车的人还冲我大喊，别上客了，快跑，交警来了！我扭头一看，果然有一辆警车朝这边开了过来。我顾不上载客，迅速掉过车头，拼命往前面骑。可我的车子哪里比得过警车，很快，它便追到了我的屁股后面。警车上还有个喇叭在叫，前面的三轮车马上停下，接受处理。

停车接受处理？接受处理，我的车就没了，我的钱也没了。不能停，一定不能停。正在这时，路边现出个弄堂，我猛地打个方向，往弄堂里拐了进去。我不知道警察有没有跟着进弄堂，现在我只能发疯一般地往前冲。就这样，我飞快地骑着，骑了一阵，没留意旁边还有条小路，一辆自行车突然从小路窜出，我下意识地打方向，按住刹车，可已经来不及了，我的三轮车和自行车重重地撞在一起，随后三轮车又撞在路边的一堵老墙上，这才停住。自行车也倒在一边，车主躺在地上，一个劲地揉着屁股。

我顾不得三轮车，赶紧下车去搀他，他却不愿起身，开口骂道，你他妈的急着去投胎啊？这么小的巷弄，骑那么快，你以为你是法拉利啊？

我一个劲地赔不是，对不起对不起，我真不是有意的。我又伸手去搀他，他依然伸手拒绝。

我告诉你啊，你别搀我，我他娘的现在浑身都疼，我的骨头可能都断了，你这一搀，别给我搀散架了。

我一听，脑仁一阵疼。眼前的这个人不好对付。

先起来吧，坐在地上也解决不了事情，对吧？

他揉着自己的腿，没理我。我想了想，又说，要不，你咬咬牙，先站起来，我先送你去医院检查一下，好不好？

他坐在地上用眼睛瞪我，你他娘的什么意思，你以为我是装的啊？

我慌乱地摆手，我没有那个意思。

你也不用跟我装好人。妈了个逼，算了算了，算我倒霉，碰到你这么个骑三轮的，我也发发慈悲，医院就不去了，你掏点医药费吧。

我小声问道，医药费要多少？

他伸出一只手，将五指晃了晃，我也不坑你，你拿五百吧。

五百，我脑袋嗡了一下。摸了摸口袋，那里面只有二十元钱，一张十元的，两张五元的。十元是我的饭钱，剩下的两张五元还是早上拉的两个客人给的。

我将钱掏出来，我只有这么多了，没骗你。

072

那个人没接钱，冷笑一声，然后拿起手机拨了个电话。很快，那条小路里又跑出两个男人，一个是中年人，秃头，还有一个是后生，穿着豹纹的紧身上衣，一脸凶相。光头跑过来，一把揪住了我的衣领。

　　你他妈撞了我兄弟就想跑啊？

　　没有，没有，我没想跑。可我身上钱不够。

　　你一个骑三轮车的，怎么会没钱？

　　我真没有，早上出来还没拉到什么活儿呢。

　　没带钱你就把车押在这里，你回家去取钱。

　　可是，我想再说些什么，光头用手指着我，眼睛瞪得牛卵子一样。我心一软，唉，算了算了，总归是我撞了人，有什么办法呢？我折回家，取了存折，在附近的银行取出五百元钱。看着五张崭新的钞票，我心里比割肉还疼。这可是大囡的赞助费啊。

　　我拿着钱回到那条弄堂，此时，躺在地上的那个人已经站起来了，正和旁边的几个人在抽烟，他看上去已经没事了。我将钱递给他，他当着我的面，将钱数了一遍，就在这时，我发现我的三轮车不见了。

　　我的车呢？

　　那个穿紧身上衣的年轻后生幸灾乐祸地说，哦，刚才有两个交警过来，说你的车是黑车，给拖走了。

　　我一听就急了，你们怎么能这样，我都去给你们拿钱了，怎么能让他们把我的车拖走？

你他妈的跟我们急什么急？警察要拖走，我们有什么办法？

我的耳朵嗡嗡地响，一股火气直冲脑门。妈了个逼，车没了，我也不管了。我扑上去抢我那五百元钱。那个点钱的人见我扑过来，赶紧往旁边一闪身，紧接着，那个秃头从身后一把抱住我，穿紧身衣的后生则用力踢我的后膝盖，我腿一软，跌倒在地。两个人将我按在地上，没头没脑一阵拳脚，然后飞快地跑掉了。我忍着疼，用手撑着地面，努力坐起身来。我龇着牙，觉着浑身像是散了架一般。

我在地上坐了一会儿，恢复了一下体力，然后起身靠在路边一个写满了电话号码的电线杆上。我觉得脑袋很晕，一阵犯恶心，随后我便开始用力地咳嗽，咳得我几乎背过气去。咳完了，我的眼前全是金星，长长的涎水带着一股腥臭的味道，从我嘴角滴滴答答地挂下来。

我坚持着，赶到了交警队。我在交警队里四处打听，最后，终于在一个皮肤黝黑的交警嘴里问到了我那辆三轮车的下落。

原来是你的车啊，你还挺狡猾，看见我们在查车，你就将车扔掉了对不对？

我没有扔车，我就是停在那里，别人没帮我看住。

你不要解释，我这里只认事实，不听故事。我问你，你知不知道你这个车是不能在城里营运的啊？

我不知道啊，再说了，我也没营运啊，我就是在那里停一下。

你还跟我讲故事？你以为来我们这里编个故事，就能把我们蒙混过去了？你的车是租的吧，要不要我们再跟车主联系一下啊？

我赶紧摆手，不用不用，这个事我一个就行，千万别麻烦别人。

交警扔下手中的笔，对你这样的人，我们都是教育为主，主要看你们的态度怎么样。如果态度好，那我们就会从轻处理，如果不老实，我们就要重罚。

我一个劲地点头，我明白，明白，下次肯定不会了。

行了，你交三百元罚款吧。

又要钱，我的心一阵凉，这东罚西罚，我存折里还能剩下几个钱啊？

我愣神的工夫，警察问我，怎么了？

没事没事，我钱不够，我现在就去取。

警察便低下头，不再理我。我转身跑出交警队，再次赶到银行取出三百元钱，回来交给警察。警察接了钱，白了我一眼。

别装穷，我还不知道你们这些骑黑三轮的啊？这么点钱，你用不了一天就赚回来了。

我苦笑着，哪有那么好挣啊。

警察给我开了张单子，我不管你好挣难挣，你先把这字给签了。

我拿着笔，在单子上签了自己的名字。

警察同志，我的车子放在哪里啊？

干吗？

我讨好地说，我好拿着单子去取车啊。

取车？我给你开的单子，你没仔细看啊？上面写得清清楚楚。罚款三百，车子扣留半个月。

我愣住了，刚才只顾签字，根本就没看单子上的内容。

我都交罚款了，怎么还要扣车子啊？

当然要扣车了，你以为我们就为罚你那点钱啊？钱是小事，最重要的是给你个教训。别多说了，十五天以后再来领车。

警察将身子转过去，不再理我。我看了他一眼，心里叹口气。我没再说话，我还能说什么呢？

大囡看见我从门口走进来，一脸吃惊。

爸爸，你今天怎么这么早回来了？

我强打着笑容，早点回来陪囡囡啊。

大囡显然不信，盯着我，表情古怪，似乎发现了什么。我被她盯得有些发毛。

怎么了大囡，干吗这么看着爸爸？

大囡指了指我的脸。我用手一摸，哎哟，还有点疼。我差点忘了刚才挨打的事，现在我的脸上肯定肿了。

我故作轻松地笑笑，咦，这可真是奇怪了，我的脸怎么就胖了？

我将大囡抱过来，坐在凳子上。

让爸爸想想，这脸怎么会突然胖了呢？

大囡仰头看着我，似乎是等着我的答案。

哦，对了，爸爸想到了。是天气，肯定是天气的缘故。爸爸的脸啊，会热胀冷缩，天气冷的时候，会变小，天气热了，就会变大。热胀冷缩你懂吗？你不相信啊，那你就等着，等到天气冷的时候，你再看爸爸的脸，到那时，爸爸的脸一定就变小了。

大囡不说话，还是盯着我的脸看。大囡已经是个大孩子了，她怎么会相信我的鬼话呢？

我就将大囡放在地上，好了，爸爸现在要去上个厕所。我转身往厕所走，突然听见大囡在我身后带了哭腔，爸爸，你是不是跟别人打架了？

我赶紧说，瞎说，爸爸怎么可能跟别人打架呢，你个小孩，别乱猜。

我飞快地走进厕所，我一转身，靠在门后，眼泪就流了出来。这一天都他娘的算什么事啊？我慢慢移动身子，坐到马桶上，觉得累，累极了，像被抽去了骨头，又被抽掉了经脉一样。我捧着自己的头，突然很想抽烟。可这会儿哪有烟啊？我用力地抓了抓自己的头发，突然灵机一动，我戒烟时，不是将剩下的半包烟藏在放卫生纸的鞋盒子里吗？

我赶紧去翻鞋盒子，将那半包烟取出，放在嘴中，点上，狠狠地吸了一口。没想到香烟搁在鞋盒子里，已经有些发霉了，一股怪味直冲喉咙口，我被呛得用力咳嗽，眼泪直流。

这真是再糟糕不过的一天了。今天天气好，原本指望着能多拉几个人，可刚挣了十元钱，就被别人轻松地拿走八百元。唉，这他娘的算什么世道啊。其实，我不心疼钱，我撞了人，我应该赔钱，我骑黑车，也应该挨罚。可他们不应该在这个时候拿走我的钱。他们应该等给大囡交了赞助费再来拿钱，到了那时，多给他们一些我也愿意。现在我需要钱，如果没钱，大囡就不能在城里念书了。

　　我又点起了一根烟，烟雾升腾。我坐在马桶上有些眩晕地看着那些蜿蜒的白烟，在黑暗中慢慢纠缠，穿梭。

　　哎，不对啊，我应该还有一笔钱啊。我忽然想起了什么，赶紧扔掉烟头，转身将抽水马桶的水箱盖打开，伸手捞出一个湿淋淋的盒子。这盒子用塑料袋层层包裹，我小心翼翼地扯去塑料纸，打开，看见了里面的七百五十元钱。

　　这是我上次去油盐寺做空班时挣下的，回来后，我就藏在这里，一直都没敢拿出来。我有些兴奋地将钱反复数了几遍，又小心翼翼地包好，放回水箱。我长长地呼出一口气。

　　我站在镜子前，脸上果然有几处红肿。我从旁边的肥皂上抠下一些粉末来，仔细地涂抹在红肿的地方。涂抹好了，我眯着眼睛端详了一会儿。嗯，好多了，晚上等秀珍回来，应该看不出来了。

10

五千，五千三，五千三百二十五，六千零七十五。

我将钱又仔细地数了一遍。好了，终于够数了。今天是秀珍发工资的日子，等她晚上把两千两百元工资拿回来，大囡的赞助费也就凑出来了。

大囡趴在旁边，看着钱，笑眯眯的。孩子很聪明，她知道这个钱跟她上学有关。我摸摸大囡的头，大囡，爸爸明天再给你买个新书包，等你上学了就可以背着新书包去学校了。好不好？大囡听了，一个劲地点头。

晚上，大囡一直没有睡，她和我无聊而快乐地将钱一张张在床上铺起来。我们在等秀珍，等她回来，把她的钱也铺在里头，那样我就真正的安心了。

就这样，九点多些，秀珍终于回家了。她看着大囡，有些惊讶，大囡，你怎么这么晚还不睡啊？

大囡说，我和爸爸在等你呢。

秀珍看了她一眼，叹口气，从口袋里拿出钱，递给我。我赶紧接过来，一数，却只有两千元。

不是说两千两百吗？

别提了，超市里出了个新规定，店里快过期的货物，就做半价发给我们，算作员工福利。一次两百，每个月都得交。

这时，我才发现秀珍手里拎了一个很大的白色塑料袋。我将塑料袋子里的零食倒在床上。我看了看包装上的日期，还有一个月呢，没事，能吃就行。

秀珍显得情绪不高，她显然是在为那被迫花掉的两百元感到心疼。我安慰她，孩子们平时也不吃零食，我们也舍不得买。这样不是挺好，都是好东西，还是半价的，平时想买这么便宜的，还没地方买呢。

秀珍说，那给学校的钱呢，够吗？

我将钱在她面前晃了晃，够了，刚刚好。

秀珍还是有些发愁，这一交了学费，就一点剩不下了。这个月的开销可怎么办啊？

没事，明天我不是要到交警队取车吗？取了车，街上转一圈，不就又有钱了？行了，别担心了，有我呢。

秀珍叹了口气，也没再多说什么。

第二天一早，我便赶着去大囡的学校交了那笔赞助费。交完钱，我还在学校里转了一圈。说实话，我对这个学校很满意。教学楼啊，操场啊，都弄得红红绿绿的，就像图画书里画的一样。还有，那几个收钱的老师态度也特别的好，看着就是疼孩子的。看来，这八千元赞助费没白花，大囡一定也会喜欢这里。

从学校出来，我便赶到交警队，再次找到那个皮肤黝黑的交警。我将那张罚款单子递给他。

你好，警官，我来领车。

他斜了我一眼，拿出一张单子，写了些什么，递给我。

你先把停车费交一下。

停车费？我愣住了，什么停车费？

三轮车的停车费啊，你把车停在我们这里，占了停车场位置，我们还要帮你看好，不要交停车费啊？

可我上次已经交过罚款了啊？

罚款是罚款，停车费是停车费，你别捣糨糊。

我有些无奈地接过单子来，看了一眼，我却忍不住笑了起来。这一笑，居然还止不住了。越想忍，却越是忍不住。眼前这个黑黝黝的警察被我笑得有些莫名其妙，他似乎疑心自己脸上长了花，还下意识地摸了摸自己的脸。

你怎么回事啊你？

我看着他的动作，就觉得更好笑了。我朝他摇了摇了手中的单子，用力绷住脸往外头走。站在门口，我终于止住了笑，我将单子拿在手中重新看了一遍。单子上写着，停车费一天五元，十五天，刚好七十五元。这真是奇妙的事情，似乎那些交警算过了我口袋里有多少钱似的。

我没交停车费，我将那张单子撕了，用力地向前扔去，破碎的纸片便在空气中一阵跌跌撞撞地飞舞。去他娘的吧，这七十五元钱，我不能给他们。我答应过大囡，我得给她买书包去，我不能让自己的孩子失望。

离开交警队，我便赶到新华书店花五十元买了个书包，然后又用剩下的二十五元钱给大囡买了文具盒和铅笔。回到家，大囡看见我给她买的书包和文具，高兴极了。她将书包背在肩膀上，就再也不肯取下来。

晚上，秀珍从超市上夜班回来，一进门便问我报名的事。我告诉她，一切都很顺利。学校也特别漂亮。我说，秀珍，你是没空去，要是你跟我一起去，你一定会觉得这八千元花得多么的值。

秀珍松了口气，阿弥陀佛，总算是又过了一关。她趴到大囡床边看大囡，皱了皱眉，大囡身体下压着什么东西啊？

我一看，红红的，原来是我给她买的书包。

这是我给她买的书包。这孩子，一背上就舍不得摘下来了。

秀珍嗔怪道，这傻囡，这怎么睡啊，多难受。

她小心地将书包从大囡身下取出来，搁在一边。我坐在床沿上，想了一会儿，说，要不，我再去别的送奶公司找份工作吧，你表姐这公司老是这么半死不活的。

秀珍面露难色，还是再等等吧，毕竟是亲戚，我们来城里也是靠了她，难为情的。再说了，我也不想你太累。

哼，难为情，秀珍根本就不知道她表姐的那些事。不过，毕竟是秀珍的表姐，我也不能多说什么，我得尊重她的意见。

躺在床上，我看着天花板，忽然觉得事情有些怪异，总好像是哪里出了差错。就在不久前，一切都是那么的顺利。我还跟秀珍说，我说我们现在都赶上城里的双职工了。可那话似乎还没散去，突然这日子又变得窘迫了。照理说，我也没偷懒啊，我每天都在努力干活儿，事实上，我也的确是赚到了比以前更多的钱。可是，钱呢？现在除了我长裤口袋里的几个硬币以外，我还有什么呢？这一切就因为大囡的那笔赞助费吗？似乎是，似乎也不是，我想不明白。

我忽然对以后的生活有些绝望，因为我几乎已经看到了自己所能做到的极致。很少有人像我起得那么早，我也想多睡会儿，也想偷懒，可我总是牛一样的用鞭子抽着自己往前走。可这样辛苦，又怎么样呢？到头来，我不还是将日子过得跟条狗一样？如果我这样辛苦，只是换这样一个结果，我凭什么要赔着笑脸给别人买生煎包子，凭什么背着老婆去给人家干私活，我还要提防着警察来罚款，坏人来敲竹杠，我这是在做什么，逗自己玩吗？

我想不明白，盯着天花板，觉得眼前越来越黑，越来越虚无，而我躺在床上，也越来越小，越来越小，最后小成了一个黑点，就如同灰尘。

我看了看时间，还只是两点，可我躺不住了。我小心地从床上爬起来，推着自行车，出了门。

我骑着车，穿过弄堂，穿过马路。呵，我现在对这个城市的街道是多么的熟悉，就算闭着眼睛都不会走错路。和当初刚来城里比，我似乎比城里人还要城里人。我就这样骑着车，在街道上转了一圈又一圈，毫无目的地消耗着自己的体力。我也不知道骑了多久，最后一直骑到东门口，我终于骑不动了。我停下车，抬头，眼前正是东门庵堂。此刻，庵堂的大门紧锁，黑漆漆一片。我站在门口，很想推门进去，我想看看菩萨，我想问问她，我到底应该怎么办。可门锁着，似乎菩萨也不愿见我。

我坐在了庵堂的门槛上，抱着自己的膝盖，忽然觉得委屈。我开始哭泣起来，这一哭，便收不住，越哭越伤心，越哭越大声。有走夜路的人从我身边经过，看见我，像是受了惊吓，打量着绕一个圈子，小心翼翼地走过去。

哭完了，我就坐在庵堂门口发愣，我觉得心里空荡荡的，空得难受。我想抽根烟，可我身上却没有烟。我叹了口气，从车上扯下一个蛇皮袋子，开始捡瓶子。

就这样，我捡满一袋，拉回家卸下，然后又骑车出来捡。我就这样来来回回的，一趟又一趟。到了凌晨四点左右，当我再次疲惫不堪地回家时，我发现那些瓶子竟然已经像流水一样，将小院子填得都几乎不能下脚了。我小心翼翼地穿过它们，坐在台阶上，看着这些瓶子在月光下发出柔和的光亮，有风从外面漏进来，这些瓶子便微微晃动，相互撞击，发出哗哗的声音，就如同海浪一般。看着这些瓶子，我突然回想起了一些从前的时光，那时，一到夏天，我就会一个人往海塘边跑。那时，海塘边总会拴着一两艘小木船。我在口袋里装满蚕豆、南瓜子，爬上小船。我脱光了，跳到浑浊的海水里扑腾，扑腾累了，我就躺在船上吃蚕豆，嗑瓜子。我是那样的无心无事，任由太阳晒得自己脱皮。那个海塘总是空无一人，似乎偌大的一片天地，都是属于我一个人的。我躺在船上，眯着眼睛，听着海水涨起来，船轻轻地晃荡，耳朵边满是海水拍打船沿的声音。

我有些伤感，我已经好久没有想起这些事情了。那样的时光，仿佛就在眼前。那时，躺在甲板上，我总会迷迷糊糊地幻想以后会怎样，我会娶什么样的女人，做什么样的工作，而我，会成为怎样的一个人。我想，那时我所幻想的将来，肯定不是现在这个样子。如果年少的我能和现在的我相遇的话，他一定会失望透顶。

11

夕阳落在寺庙金黄色的屋顶上，铺陈出一种陈旧安详的光泽。这光泽看上去如此亲切，那时，每年秋天，总有许多台州黄岩来的割稻客人打着背包，戴着草帽，到我们村里来割稻子。那时，我还在世的父亲便和这些来自台州黄岩的割稻客一起，握着镰刀，弓着身体，在稻田里收割成熟了的稻穗。烈日下，风吹过来，整片整片的稻田像海浪一样此起彼伏。而我，总喜欢坐在山坡的杨梅树上，远远地看着。虽然我心底里也热爱这壮阔的丰收场面，但我却从来没想过自己的将来也在这样一片泥泞的稻田里。

此刻，阿宏叔就站在我身后，他正拿着剃刀给我刮头。刀片和发茬接触时，发出均匀粗糙并富有弹性的声音。阿宏叔示意我将头低下，他要刮脖颈后的发茬。我便低下头，看着大殿前鹅卵石铺就的道地。天上的云迅速地流动，道地上的光影也便随之幻灭，构成各种奇特的图案。看着看着，我觉着自己似乎是掉进了那些图案里面。顿时，没有了时间，也没有了空间，所有的一切都在飞速地流动，空气、声音、光，甚至人、房子，所有的东西都在飞快地掠过，只有我，坐在那里，一动不动。

我的嘴巴突然张开，一些声音便兀自从里面跑了出来。

南无萨怛他。苏伽多耶。阿啰诃帝。三藐三菩陀写。南无萨怛他。佛陀俱胝瑟尼钐。南无萨婆。勃陀勃地。萨跢鞞弊。南无萨多南。三藐三菩陀。俱知喃。

我就这样一个字一个字地吐着。起初，我自己都不知道我在念什么，似乎很熟悉，又似乎很陌生。终于，我听明白了，我在念《楞严咒》。这是奇怪的事，虽然平常我也会时不时地翻翻那本《楞严经》，并念上几句，可我却从来没有这样完整地背过一遍。没想到，此刻一开口，就像有另一张嘴巴长在我身上一样，我竟然从头到尾，一字不漏地将楞严背诵了下来。

我能感觉出阿宏叔的诧异，当我念出第一句时，他就听见了，他的手一抖，几乎将我的头皮割破。随后，他便停住了刮头的动作。一直等我念完，似乎又过了好一会儿，他才缓过神，重新拿起剃刀，将我的头剃完。

次日，吃过午饭，从外面叫来的水陆僧人便陆续赶到了寺里。大概两点钟左右，僧众们开始净坛。净坛其实就是清场，佛事中僧人们做的经忏是给神佛专用的，所以坛场里其他无关的东西，都要清理出去。举个简单的例子，就好比一个很大的领导要来检查，公安城管就会提前将那些不合适的人赶走。

阿宏叔穿了一身崭新的袈裟，新袈裟将他的皮肤映衬得愈发白皙。其实，小时候，他便是个漂亮的人，一双眉目细长，带着些女相。他喜欢唱越剧，《桑园访妻》、《五女拜寿》，大段大段的唱词，他都倒背如流。他唱越剧的时候，还喜欢伸个兰花指，很妩媚。其实，阿宏叔做和尚，有着天生的优势。就好比明星，对于那些信众来说，和尚其实就是明星。大家都喜欢漂亮的和尚，也愿意为漂亮的和尚花钱。

净过坛，又过了一晚，这日凌晨四点，叫醒的钟声敲响。我整理僧服，随着僧众们一起前往大殿。阿宏叔早就已经在大殿里了，他站在佛前，垂着眼角，冷冷地盯着每一个进入大殿的僧人。虽然阿宏叔之前提醒过我，这场佛事规模很大，可能和我以往参加过的佛事不同，但我还是缺乏足够的心理准备。从进入大殿的那一刻起，我便有些忐忑起来。大殿里黑压压地站着五十多名僧众，神情凝重。我从来没见过这么多的僧人站在一起，不知道是不是人多的缘故，大殿内还有一种嗡嗡的声音，始终在我耳边盘旋。我站在那里，觉得浑身不自在。一瞬间，我的心里忽然生出了一种卑微感，似乎只有我，才是这大殿里最名不副实的一个。我扭头去看阿宏叔，我试图从他那里获得一些鼓励。我看阿宏叔时，他也正好看我，我迎着他的目光笑了笑，可让我失望的是，他却丝毫没理会我，冷冷地一瞥，又转到别处去了，就像我们从来不认识一样。

阿宏叔是这场佛事的维那。据说，以前大庙里有三个人的位置是最重要的，一个是住持方丈，一个是僧值，另一个便是维那。住持方丈自不必说，寺里最大的领导，统管所有事务。僧值和维那便是方丈的左膀右臂，其中僧值管的是僧人们的生活和言行规范，有点类似学校里的教导主任。而维那，则是总指挥，他的职权要远远大过僧值，无论是庙堂里的收取开支，还是佛事时的唱念做打，都由他一个人安排负责。当然，这是老规矩，现在的寺庙早没了那么许多讲究，就像阿宏叔，平日里是住持，佛事时，便又成了维那。

阿宏叔做维那是合适的，因为他嗓子好，形象好。佛事上，维那就相当于合唱团里的领唱，他单枪匹马地站在众多僧人对面，一开口，便要能定住场。佛堂上，如果僧众里有人荒腔走板，维那便会重重念上一句，这样，既能遮掩错句，又能提醒僧众集中注意力。一场佛事，维那做得好了，整个佛事便好了。就像一场演出，表演的人相貌好，嗓子好，香客便觉得这场佛事做得成功，钱也花得心甘情愿。

僧众们来齐了，十几个斋家便从大殿外走了进来。领头的斋家捧一个龙头香炉，虔诚地跪在地上。虽然都是出过钱的斋家，但并非所有人都有捧龙头香炉的资格，一般这样的场面，都由出钱最多的人领头捧香炉。在斋家旁边站着的那个人，叫作香丁。香丁都是这些场面上的老手，会引领着斋家如何礼拜，如何上香。

斋家进来了，大殿内又是一阵静默。几十个人挤在这大殿里，却是悄无声息。殿内像是装了某种消音器，太安静了，这安静古怪而又可怕。我站在一边，感觉一种莫名而巨大的东西，突然迎面向我压了过来，让我几乎无法透气。我开始觉得冷，先是脚，然后是身体，最后是脑袋。我觉得自己像是被冻住了，一动也不能动。但很快，这种突如其来的冷又迅速逃离，我的身体又开始发热，从头到脚，都变得滚烫，热汗淋漓。我努力地调整着自己的呼吸，我渴望着有什么声音能将这安静打破，这逼仄的气氛让我几乎晕厥。

也不知道过了多久，终于，鼓声起了，一声接着一声，我仿佛能看见大殿里某种坚固的东西被这鼓声给敲碎。最后，从某个地方，有新鲜的空气漏进来，在殿内翻转，穿行。我忍不住抖动了一下身子，长长地松出一口气。我用宽大的袖子擦了擦额头上的汗，如同大病初愈一般，虚弱而又舒畅。

鼓声起了，很快便要诵念佛经了。我将双手合十，等待着庄严而又美妙的诵念开始。

停！就在这时，突然有人大喝了一声，就像在殿内凭空打了一个霹雳，嗡嗡地回响个不停。我惊吓般地抬头去看，原来是阿宏叔，是他叫的停。大殿内的人都不明白发生了什么事情，不知所措，眼巴巴地望着阿宏叔。阿宏叔紧皱眉头，伸手指着敲鼓的那个僧人。

你在做什么？

那个胖大的敲鼓僧人也被突如其来的状况给搞懵了，举着鼓槌，半天说不出话来。

你爹是被牛角顶死的吗？

那个僧人茫然地摇了摇头。

那我问你，既然你爹不是被牛角顶死的，你为什么要将牛皮鼓敲得这么重？

听到此处，大家才明白了阿宏叔的意思，原来他是嫌这敲鼓僧将鼓敲重了。

我跟你说了多少遍了，要你注意轻重注意轻重，可你怎么就教不会？为什么诵念前要敲鼓，那是用来定调的。你调子定不好，这一堂佛经叫我们怎么念？

敲鼓僧站在那里，不敢应答，握着鼓槌的手抖个不停，一张圆脸憋得通红。

重新来过。再敲不好，换人。

在阿宏叔的厉声斥责下，鼓声重新响起。这一次，敲鼓僧不敢分神，努力控制着鼓槌的轻重。终于，在鼓声中，阿宏叔开腔诵念，随后，僧众们的诵念也跟着起来。一时之间，大殿内的诵经声层层叠叠，此起彼伏。而我，站在人群中，却始终无法集中精力，紧张、迟钝，经也是念得频频出错。虽然，我的声音在众人的诵念中显得那样微不足道，但我还是担心会被阿宏叔听见，然后他会再次叫停，像对待那个敲鼓僧一样，毫不留情地将我从人群中提溜出来。我觉得有些恍惚，这心慌的感觉似乎有些熟悉，就像我在街上骑三轮车时，总是害怕那些交警会突然从某处冲出来，将我的钱和车全部给夺走。

我站在人群中，突然觉得毫无意义。我这是在做什么？为什么我要站在这里受这样的罪？我为什么来这里，不就因为我不喜欢外面的压力，想在寺庙里寻求片刻的安宁吗？在外面每天，我都得承受各种压力，我还得陪着笑，小心翼翼的就像头上顶了一碗水。我厌恶这样的笑话，厌恶透了。如果我能承受外面的生活，我为什么要到这里来做空班，我在外面做别的事不也一样吗？

就在这一瞬间，我做了一个决定，我要回去，我不做和尚了，这并不是个适合我待的地方。

早课后，我去禅房找阿宏叔，跟他说了自己的想法。阿宏叔耐心地听我讲完。此刻，他显得那么温和而谦卑，与之前佛堂上的那个人完全不同。

是不是觉得我太严厉了？

我摇了摇头。

我知道，或许你觉得我不讲人情。可是，你看看那些僧人形形色色的，他们都不是真正的和尚。如果我没有威严，讲了人情，那佛事还怎么维持？要知道，做佛事的钱，都是斋家们布施的。你也看见了，他们就站在大殿上，你以为他们在做什么，他们是在监督，看他们的钱到底有没有白花。我是这个庙的住持，如果佛事做不好，我怎么向他们交代？

我低着头，缓慢地说，阿宏叔，这些道理我都明白。其实，我也不是为了这个，我说不清楚。唉，你不知道，我现在过得一团糟。我有老婆，我还有两个孩子，我每天都想着让他们过得好一些。每天四点钟我就起来了，天还黑着，别人都在睡觉的时候，我就起来了。我每天都很辛苦地干活儿，我从来没让自己偷过一天懒，真的，我真的觉得自己尽力了。可是，我还是赚不到钱，我还是养不起他们。我说不清那种感觉，就像有一个大勺子，每次我有了一点钱，那个大勺子就会伸过来，像舀水一样，将我的一切都全部舀走。唉，阿宏叔，你不知道做人太苦了。

阿宏叔没接我的话，而是温和地问了我一个问题，方泉，你知不知道《楞严咒》是怎么来的？

我一愣，摇了摇头。

那我就跟你讲一讲这《楞严咒》的来由。佛经里说，有一日，阿难尊者去外地托钵行乞，结果被摩登伽女所诱惑，将近破戒。这时，佛陀知悉了此事，便让文殊菩萨前去帮忙。最后，文殊菩萨用一段神咒解救了阿难。而这一段神咒，便是《楞严咒》。在佛家咒语里面，楞严是最长的一段咒，被称作咒中之王。楞严的难度，首先在于长，它有四百二十七句，两千六百二十字。《楞严咒》原本是梵语，现在的出家人，都不懂梵语，因此，这两千六百二十个毫无关联的字，就毫无逻辑性可言，只能靠硬背。其次，楞严的难，难在口舌。它很拗口，那些相似的发音要在口舌中不断地重复，它是一个惯性，一个字错了，整个惯性就倒掉了。所谓和尚怕楞严，道士怕普安。这个话不是凭空说的，是有来历的。十个和尚里，有九个都不会念楞严。方泉，你要相信我的话，你是能吃这碗饭的。我可以说，那些参加佛事的僧人，没有一个能比得上你。可是，你要真想吃这碗饭，还要吃得好，光将《楞严咒》念得漂亮，是远远不够的。你要学会忍耐，你要记住你手中捧着的不是普通的东西，而是一个金饭碗。这个饭碗里的饭不仅是你的，还是你的老婆你的孩子的，你要用尽所有的力量，想一切办法，将这个饭碗捧好。

阿宏叔看了我一眼，继续说，当然，决定权在你手里，要走，要留，你自己定。你现在心思已经乱了，心思不定，就容易做出错误的判断。所以，我希望你不要急着走，再在寺里待上两天，如果到时你还要走，我半句话也不会说。

我想了想，答应了阿宏叔。

整一天，我都没有去参加佛事。我躺在禅房里，昏昏沉沉地一直睡着。我也不知道自己睡了多久，我没有吃午饭，也没有吃晚饭，但我却丝毫不觉得饿。我睁开眼，外边天色早已漆黑。睡得太久，让我浑身不舒服。我挣扎着起来，在禅房里走动了一会儿，还是觉得不舒服，房间里的空气太闷。

我出了禅房，又出了寺庙，站在围墙外，吹了吹山风，我的身体终于缓慢地舒展起来。我用力伸了一个懒腰，就在这时，不知哪里传来了一阵诵念的声音，这声音显得那样的宏大、圣洁、明亮。我站在那里听了一阵，便忍不住朝着声音的方向走去。

我进了围墙，再走一阵，绕过偏殿，上一排石阶。刚走到一半，我便看见了一个被灯火照射得十分明亮的高台，高台前，是一张大供桌，桌上放着供果，焚着香烛。条案前，整齐地站着僧众和斋家，他们低垂着头颅，双手合十，虔诚无比。而此时在高台上坐着的，正是阿宏叔。他坐在高台上，身穿金光闪闪的袈裟，头戴五山帽，他低垂着双目，手上结一个密印，口中诵着真言。

不知是不是天黑的缘故，在那一刻，我忽然有些恍惚，我甚至疑心自己见到的不是阿宏叔，而是一尊真佛。

我没有再沿着石阶往上走，我站在原地，目不转睛地看着眼前的一幕。看着看着，我的脑中不由重叠出了另一番景象，我仿佛看见坐在高台上的那个人，不再是阿宏叔，而是变成了我自己。那些僧众和信徒，站在高台前，温和而赤诚，而我就那样面容安详地坐在高台上，身上笼着一层淡却辉煌的光芒。

就在这一瞬，我的心忽然就明亮了起来。

12

秀珍躺在床上，侧着身看我。看了好久，她伸出手，摸了摸我的头。

你怎么又把头给剃了？

我笑笑，剃光了方便。去街口那个理发店，要花十几块。自己刮个头，又省力，又省钱。

那能省几个钱？

倒也不完全是钱的事，你看理发店的那个女人，打扮得那么妖艳，整天穿个短裙，你老倌我又这么英俊，你就不怕我被她拐跑了啊？

我的玩笑并没有引起秀珍的兴趣，她将身体侧回去，平躺着，沉默地盯着屋顶，似乎藏了心事。

我有些担心，问道，你怎么了？

我给你生个儿子吧。秀珍突然呢喃了一句。

我一愣，为什么突然说这个？

你不想要吗？

我咂了咂嘴，不知道该怎么回答，暗自揣测着秀珍说这话的用意。

我知道的，你一直想要个儿子。别的我也做不了，我就给你生个儿子吧。

干吗要这么说，怪客气的，就好像我们不是夫妻一样。

方泉，我是认真的，我要给你生个儿子。我怕我现在不生，以后老了，就生不出来了。

不知道为什么，听了秀珍的话，我觉得有些难过。我想说些什么，却又不知道该怎么说，我只是用力地抱紧了她。

早上，我骑着三轮车将大囡送到了学校，随后，我又将二囡送到了巷弄口的那个托儿所。将孩子们安排好以后，我就骑着三轮车去了红枫路的那个家具市场。在市场里，我花了一千元买了一张双人的席梦思床垫。

昨晚，我一夜都没睡好。在听到秀珍要给我生儿子的事情后，起初，我还有些慌乱，生怕秀珍话里夹藏了别的什么想法。当我确定秀珍是真心想为我再生个儿子后，我兴奋不已。的确，这是我心里最渴望的事，可我不敢说，我怕会伤害秀珍。

我打算好了，要想生儿子，就一定要改善一下目前的居住环境。生儿子，床很重要，我隐隐觉得，以前我们之所以生不出儿子，可能就是因为我们长期睡棕绷床的缘故。生儿子这么重要的事情，怎么能在棕绷床上草率进行？于是，我就买了这张席梦思。买好席梦思，我又花两百元买了一张有上下铺的架子床。这样，大囡睡上铺，二囡就睡下铺。两个孩子大了，不能总是跟着我和秀珍睡，她们应该有一张自己的床。再说了，两个孩子跟我们一起挤在床上，束手束脚的，我们还怎么生儿子？

下午，大囡放学回家后，看见房间里多了张架子床，显得很兴奋，连书包都顾不得拿，在床上爬上爬下的，就像那不是床，而是一个大玩具。二囡坐在下铺，看见大囡从她的头顶一会儿上去，一会儿下来，也觉得好玩，手舞足蹈的。

我找来两块布，安在大囡和二囡的床前。我将帘子拉上，问大囡，大囡，你看这样是不是就像一个小房间了？

大囡说，像的。

大囡现在上学了，是小姑娘了，也应该有自己的一个小房间了。

大囡听了，就搂住我的脖子，用力亲了一口。我擦了擦脸上的口水，心里有些惭愧。唉，什么单独的小房间，我这就是骗骗孩子罢了。装个帘子，无非就是怕大囡二囡晚上醒来，看见什么不该看见的东西。

秀珍从超市上夜班回来，看见挤在房间角落里的架子床，也是一脸的惊愕。

你干吗又买个床，多挤啊？

我讨好地说，这不是准备生儿子嘛。

秀珍白了我一眼，别乱说，当心孩子听见。

都睡了，别怕。我拍了拍床垫，来，你躺到床上来。

秀珍又白了我一眼，低声说，我这刚回来。

我笑嘻嘻地说，你想到哪里去了？我就是让你躺一下。

你什么意思啊？装神弄鬼的。秀珍将信将疑地躺倒在床上。一躺下，她便像触电一般地坐了起来。她用手使劲按了按床面，怎么这么软？

哈，软吧，是我新买的席梦思。

秀珍听了我的话，又重新躺下。

舒服吗？

秀珍点了点头。就在这个时候，大囡突然从帘子里探出头来，爸爸妈妈，你们是不是要给我生小弟弟啊？

我和秀珍都愣住了，尴尬地相互看了看，哭笑不得。

这天晚上，很晚，秀珍还在床上翻来覆去的。我觉得奇怪，便问她，你怎么还不睡？

睡不着，这席梦思太软了。

我笑着说，你可真是受苦的命，这么好的床垫，你反倒不习惯了。

我从小到大都睡惯了棕绷床。这个床垫实在是太软，我心里不牢靠，身子像要往哪里陷进去一样。

没办法，秀珍睡不习惯，我只能想办法。我找来几块硬纸片，垫在席梦思上。秀珍躺在硬纸片上，长长地松出一口气，好了，这下可舒服多了。

我说，席梦思还是舒服的，你只是不适应，多睡睡就会习惯的。

从买回席梦思的这一天开始，为了早日生出儿子，我和秀珍几乎每天都会做那事。可生孩子这事，就像远房亲戚，你不想他，他可能就突然来了。你天天盼着他，他反倒不肯露面。就这样，过了一段日子，眼看着秀珍一直怀不上，我便开始着急了，一着急，做那事的时候，便开始分神，竟然接连几天都没有成功。这让我很沮丧。

后来，秀珍也察觉出来了，她悄声问我，是不是最近太累了？

应该不会啊，一直都那样啊。

秀珍看着我，安慰道，别着急，怀孩子也不是一天两天的事。累了，就先歇几天，好饭不怕晚，慢慢来。

我心里叹口气。秀珍说得是没错，好饭不怕晚。可再好的饭，老是放着吃不了，早晚也会馊了。唉，生个儿子怎么就这么难？

这样，又过了几天。那天晚上，也不知怎么回事，睡到两点多时，我突然醒了过来。醒来后，我发现秀珍竟然没有睡在旁边。我一阵心慌，随后便听见厕所里有响动，原来秀珍在厕所里，我放下了心。我平躺在床上，过了一会儿，我突然发现了一件怪事，在听见厕所的响动后，我的身体突然就起了反应。我很激动，我担心这种反应会稍纵即逝。我赶紧从床上爬起来，然后蹑手蹑脚地走到厕所门口。我站在门口，轻轻唤了几声秀珍的名字。秀珍开了门，刚要出来，我却将她又堵了回去。我冲着她意味深长地笑了笑，很快，秀珍也明白了我的意图。她有些羞涩，但还是顺从地进去了。

一进厕所，我便将门反锁了。厕所里的空间很狭小，我们两个在里面不时会碰到旁边搁着的东西。这房子的隔音不好，为了防止楼上的租客听见，也防止孩子听见，我们两个人拼命控制着自己的声音。这种控制和局促不仅没有让我们感到不适，反倒激发起了相互的情绪。我很激动，秀珍也很激动，我能感觉得出来。她紧紧地抱住我，就像在湍流中抱住一棵大树，我从未感觉过她的双臂是如此得有力。

结束时，我们两个人都累得不行了。我疲乏地坐在马桶盖上，而秀珍则坐在我的腿上，双臂无力地挂着我的脖子。我们两个都在大口地喘气，我们的身体贴在一起，就像海浪一样微微地起伏着。

我感觉这一次肯定能成功。以前怀大囡二囡时，我就是这种感觉。秀珍说道。

没关系的，你说过，好饭不怕晚，我不急。

秀珍将头垂在我的胸口，放心吧方泉，我一定会为你生个儿子的。

我们又在厕所里说了会儿话，然后蹑手蹑脚地出来，回到了床上。躺在床上，我觉着心里有一种好久没有过的满足感。我突然觉得人真是奇怪的动物，放着好好的席梦思床不用，反而要钻到脏兮兮的厕所里去做那个事。

一个月后，秀珍果然怀上了。当她拿着那张测孕纸出来时，我几乎不敢相信自己的眼睛，对照着说明书又反复看了几遍。秀珍在旁边笑，说你放心吧，不会错的，我知道。我抱起秀珍，忍不住在房间里转了几圈。将秀珍放下来后，我突然绷起了脸，哎呀，糟糕了。

秀珍一愣，怎么了？

我没有回答她的问题，又连声说了几个糟糕。秀珍显得焦急，到底怎么了，你倒是说啊？

我慢吞吞地说，秀珍，你说我们要在厕所里做这事怀上了孩子，那以后这个孩子生出来会不会也有厕所里的臭味啊？

秀珍愣了一下，但她很快反应了过来，她伸手在我胳膊上使劲拧了一下，低声骂道，你这张破嘴。

13

晚上，秀珍给我带回了一张纸条，纸条上有一个电话号码。秀珍告诉我，这是她从同事那里问来的一个私人B超的电话。

秀珍说，这次是儿子是女儿一定要弄仔细了。我想过了，我现在都四个月了，可以去医院照B超了。可是医院里又没有熟人，再说我是第三胎，万一被人知道了，会被强制引产的。

我便拿出手机拨通了纸条上的这个号码。响了四五声，终于有人接了，是个男人的口音。

你那里是照B超的吗？

对方没回答，却问我这个号码是从哪里来的。我说是朋友介绍的。对方迟疑了一下，便问我什么时候去照。我说，我先跟我老婆确认一下再打给你。对方说，那等你定下来再说吧。这样，你先记个号码，到时你就打那个电话好了。我赶紧拿笔记了。

搁下电话，我的心里有些犯嘀咕。这个事好像有点怪怪的，搞得像电视里的特务接头一样。秀珍在旁问我，怎么样，对方怎么说？我说，倒也没说什么，只是让我定下时间再打他电话，可我总觉得这种私人B超靠不住。

我们不也是没办法吗，要再生女儿怎么办？再说了，又不是动什么手术，就照照 B 超而已。

我想了想，觉得秀珍说的也有道理，我们的确没有别的好办法。于是，我们两个商定，后天正好是秀珍轮休，就后天去。

就这样，隔了一天，我和秀珍便坐着中巴车去了宁波。按照对方的指示，下了车，我就拨通了他给我的那个电话。刚一拨通，电话就被对方给按掉了。隔了一会儿，又有一个新号码打了过来。

你往北走，走二百米，那里有个公共汽车站。你上一一五公交车，坐一站地，到中山公园你就下车。然后你就站在那里，不要动，也不要给我打电话，我会来找你的。说完，他又将电话挂掉了。

我在脑中将他说的步骤又过了一遍，生怕忘记了。怎么弄得这么复杂，不就是照个 B 超吗？我心里有些发慌，但我又不敢表现出来，我怕影响到秀珍的情绪。随后，我就带着秀珍，按照电话里那个男人的指示，去了公共汽车站。等到一一五来了，我们便上去，坐了一站，在中山公园下了车。

此时，站台上正站着四五个等车的人，有男有女，神态各异。我站在一边，不时偷眼打量身边的这些人，暗自猜测着这些人当中会不会有那个打电话的人。等了一会儿，秀珍也着急了起来。秀珍问我，你是不是记错地方了，怎么还没人来？我安慰她，不会记错的，再等等，放心，一定会来。秀珍擦了擦额头上的汗，没再多问。她说自己有些累，我便扶着她在一旁的椅子上坐下。我站在秀珍旁边，又偷偷地打量站台上的人。没准那个人还真站在这里，他在偷听我们说话。他娘的，难道我们两个像警察吗？

打量了一阵，我觉得站台上的每个人都像，又谁都不像。我有些焦急，不时地拿起手机看，生怕漏接了电话。可我又不敢打过去。对方要求过，只能接电话，不能打。我有些窝火地将手机用力塞到裤袋里，心里骂了一句。

突然，手机在我的裤兜里响了起来。我像被电击一样，匆忙地将手机掏出来。

你们到中山公园了吗？

早到了啊。

你穿什么衣服？

我穿的是一件灰色的衬衫。我又朝身上看了一下，补充了一句，带条纹的。

那旁边穿红衣服的是你老婆吗？

对的对的。

这时，手机那头的人又将电话挂了。不多会儿，一辆破旧的白色面包车飞快地开过来，吱的一声急刹停在我们面前。随后，车门拉开，一个戴着墨镜的男人朝门外微微探出身子，用力招了一下手，赶紧上车！我马上拉着秀珍走过去。刚要上车，那个戴墨镜的男人又指了指我，你不要跟着，就她一个人。我和秀珍都有些发愣，站在那里，不知道该怎么办。那个男人催了一句，快点，这里不能停。突如其来的情况让我的脑子有些发懵，此时，还是秀珍显得清醒些，那我跟他们走吧，你在这里等我。还没等我点头，秀珍便上了车。随后，车门合上，面包车迅速地离开。

我的脑子还是有点发懵，我就站在马路边，眼睁睁地看着这辆白色的面包车开远。当它在路口消失的那一刹那，我如同迎面泼了一盆冷水，一个激灵。呀，糟了，这辆面包车竟然连个牌照都没有。我的耳边嗡嗡作响，脑中不停地翻滚着电影里那些绑架人质的镜头。

完了完了，秀珍不会是被他们绑架了吧？这些人的套路怎么跟电影里的绑匪那么相像啊？可他们绑秀珍干吗，我们又不是有钱人？不对，我们出门时带的两千元现金都装在秀珍身上，如果他们看到这钱，会不会下黑手啊？

我站在明晃晃的日光下，拿拳头用力地砸自己的脑袋。

我怎么这么蠢？我就是头猪，我竟然把自己老婆就这样随随便便地交给了一个陌生人，她还怀着孕呢。我这是在做什么，为了生个儿子，连老婆都不要了吗？一瞬间，我几乎要崩溃，我靠在站台牌子上，腿肚子一阵一阵地发软，最后，坚持不住，就顺着站台牌子滑到了地上。旁边的乘客都被我吓到了，纷纷往旁边躲。而我，则坐在地上，眼泪不停地从我眼眶流出来。

不知道坐了多久，突然，逆光中现出了一个模糊的身影。走近了，竟是秀珍。我不敢相信，又揉了揉眼睛，的确是秀珍。我从地上一跃而起，用力抓住秀珍的胳膊，浑身上下打量着。

秀珍被我弄得有些害臊，你这是干吗？

我努力平静了一下情绪，检查过了？

秀珍点了点头。就在这时，我察觉出秀珍的脸上好像带着丝丝笑意。难道？我激动地几乎不敢问出来，身体里的血瞬间都涌到了脑门。而秀珍，也知道了我要问什么，她微笑着用力点了点头。不知道是不是幸福来得太过猛烈，我一阵眩晕，身体晃动了几下，几乎跌倒在地。

秀珍告诉我，她上了那辆面包车，心里也是发慌，她不知道对方要将她带到哪里去，但又不敢问。最后，面包车终于开到一个长了很多树的地方停住。透过车窗，她看见那里还停着另外一辆车，也是辆面包车，比她坐的这辆要大些。那个戴墨镜的人告诉她，B超就是在那辆车上做的，如果检查出来是儿子，就付六百元，如果是女儿，付三百元就够了。

秀珍说，当时听了他的话，我也是半信半疑。我就问他，生儿生女不都是你们说了算吗，你这儿子的鉴定费比女儿的高一倍，那你们肯定会说是儿子啊？对方却说，这个不用担心，他们不会乱说，他们也不是就做我一单生意。我觉得他说的有道理，再说了，都到这里了，怎么好回去？我就上了另一辆车。

我说，那你有没有问他，他的B超照得准不准啊？

秀珍笑了笑，这有什么好问的，谁会说自己照得不准啊？不过，我倒是跟照B超的人说了，我说你帮帮忙，照仔细些，我已经第三胎了，不能再出意外了。他说你只管放心，来这里的都不是第一胎。他还说，虽然他不敢说我肚子里的一定是儿子，但百分之八十的把握他还是有的。

听到这里，我长长地松了一口气。我懂这个百分之八十的意思，我记得以前念书时，老师叫我们四舍五入。这百分之八十，四舍五入一下，也就是百分之百了。

我摸了摸头上的汗，突然又想起了什么。

秀珍，给你做 B 超的人，是男的还是女的啊？

秀珍愣了一下，很快便明白了我的用意，她捂着嘴用力笑了起来。我问了，自己也觉得这问题滑稽，也跟着笑起来。我们两个笑得起劲，把旁边的人都看傻了。但我管不了他们，我都想不起来自己有多长时间没有这么痛快地笑过了。

14

十一月底的时候，秀珍的表姐终于无力拯救奶牛场，跑路了。我不知道她这次会去哪里，新疆或者其他什么地方，这都无关紧要。对于这个表姐，我早就不抱什么希望了。我只是觉得她跑路前应该跟我见一面，我不跟她计较我帮她干了多少私活，也不跟她计较她还欠了我多少工钱，我只想问她一件事，我们是亲戚，为什么要骗人？为什么每个人都有的牛奶，她非要说成是给秀珍一个人的福利？

表姐的奶牛场倒闭了，秀珍也就不再阻止我去别的牛奶公司应聘了。就这样，我又找了一家送奶公司。这家公司的应聘条件很简单，订出一百份奶。我找了原先的那些订户，想方设法订出去五十多份。然后，我又买了一个新水桶，又买了一只鳖，将这份工作搞定了。

让人头疼的还是三轮车。虽然天气一天天凉了，可三轮车的生意依然没有什么大的起色。不知从什么时候起，城里涌入了许多的外地人，他们骑着形形色色的三轮车，身上有着用不完的力气。三轮车多了，警察查得也更严了。现在，我最怕的就是警察，有时，我感觉自己比在逃杀人犯还要怕警察。就算我干得再好，一落到警察手里，就得罚掉三百。车子还得扣上半个月，还得自己掏停车费。说起来，还真是他娘的不公平，是你硬要把我的车拉进去的，凭什么还要我交停车费？再说了，真要禁，把车扣下别还我不就行了？说到底，还是想罚钱。

但无论怎样不忿，车还得骑。秀珍、大囡、二囡，还有我那即将出生的儿子，都等着我去赚钱，等着我给他们更好的生活。原先，见到那些跟我抢客人的外地人，我会有些躲闪。可现在，只要是有生意，我就会像战斗英雄一样冲到最前面，不管对方是要送货还是载人不管活多重，只要有钱赚，我都干。

现在，除了白天，几乎每个晚上我都出去骑三轮车。大囡问我，爸爸，你不是说晚上不出去骑车的吗？是不是因为小弟弟要出生了，需要很多钱？我愣住了，孩子远比我想象中要懂事。我摸了摸大囡的头，说，爸爸挣钱养小弟弟，也要挣钱养你们，一样的。大囡又问，你不是已经有了我和二囡了，为什么一定要再生一个小弟弟呢？我又被问住了，想了好久才勉强答道，兄弟姐妹多了，家里就热闹了呀。而且，以后大了弟弟也好帮你啊，大囡想了一想，似乎明白了，又似乎没明白。看着她的神情，我觉得自己有些羞愧，为了那个还没出生的儿子，我竟然可以忍心将两个幼小的孩子扔在家里。我不知道，当她们以后长大了，会不会记恨我这个狠心的父亲。

这天，五点前我准时停了工，赶去超市接秀珍。现在，离预

110

产期只剩一个礼拜多些，我可不能再让她上夜班了。我刚跟秀珍说这事的时候，她还有些不情愿，说这样不好，店长要说话的。我却坚持，这又有什么关系，不就再送一只鳖吗？我儿子可是什么都换不来的宝贝疙瘩。

我用力蹬着脚镫，载着秀珍往菜市场赶。我问秀珍想吃什么，秀珍却摇头说自己没胃口。我就劝她，你现在不是一个人，不为自己也得多吃些。正说着话，秀珍忽然啊了一声。我一惊，赶紧将三轮车靠路边停了。

怎么了？

秀珍没应我的话，一脸惊慌地低头看座椅。顺着她的眼神，我看见红色的人造革座椅上湿漉漉的一摊。

你尿了？

秀珍一阵脸红，不是，是羊水。

羊水？羊水破了吗？

我也惊慌了起来，以前秀珍怀孕时，可从没出现过这样的情况。不会又出了什么意外吧？我赶紧要拉着秀珍去医院。到了医院，医生给秀珍做过检查，说情况不算严重，但建议马上住院。秀珍说，家里还有孩子等着，明天再来行不行？医生答应了，叮嘱我要仔细些，有情况，要随时将秀珍送来。

我们回了家，两个孩子已经饿得不行了。我赶紧烧饭给她们吃。吃完了，时间也不早了，哄孩子睡下后，我和秀珍也躺到了床上。躺在床上，我们两个人几乎一句话都没说，我知道，秀珍和我一样，也怀着心事呢。一整夜，她都牵住我的手不放。我能感觉到她的手心在不停地出汗，湿漉漉的。后来，我也睡着了，迷迷糊糊的，好像还做了一个梦，我梦见我生了一个儿子，又白又胖。我抱着他坐在院子里，突然就有几个面目不清的人从外冲进来，抱走了他。我想去追，但那椅子却长出了手，像藤蔓一样将我箍紧，丝毫挣脱不得。

我用力睁开双眼。此刻，秀珍依旧拉着我的手，就像拉着一条缆绳。我躺在那里，看着模糊的天花板，试图缓和一下自己的心情。可这没有用，梦中的那种恐慌和焦虑依然像藤蔓一样死死缠绕着我，让我几乎透不过气来。

我犹豫了一阵，伸出手，小心地将秀珍的手从我手上剥离。我悄悄地下了床，躲进了厕所。

我坐在马桶盖上，突然觉得身体很不舒服，心口发虚，四肢酸软无力，冷汗一阵一阵地从身体深处渗透出来。我疑心自己是生了重病，这是我从来没有过的感受，孤独、恐慌、焦虑。这感受坚硬而庞大，夯土一般撞击着我的身体，远远超过我所能够抵抗的程度。

厕所里没有开灯，但我仍能看见一些杂乱而隐约的光，丝丝缕缕地在空气里飘荡。它们在空气中似乎幻化出了各种画面，时而张狂，时而嘲笑。这光让我变得更加烦躁，甚至伸手试图去捏碎它们。我将腿盘起来，闭上眼睛，我期望自己能避开这些光，躲藏到黑暗里头。但没用，那些光依旧穿过我薄薄的眼帘，像闪电一样在我眼球上飞舞。

我开始默念《楞严咒》。

南无萨怛他，苏伽多耶，阿啰诃帝，三藐三菩陀写。南无萨怛他，佛陀俱胝 瑟尼钐。南无萨婆，勃陀勃地，萨跢鞞弊。

我就这样一直默念着，念完一遍，再从头开始。就这样枯燥地反复。终于，念到第五遍的时候，我终于完全地平静了下来，就像有什么东西从我身体里被驱赶了出去。再念下去，声音竟然也不一样了，似乎不再是我一个人单调的诵念，而是无数个我站在一起，层层叠叠，低沉浑厚，海一样的无边无沿。随后，我闻见了一股香气，这香气淳厚澄澈，在我口鼻间打个转，就直往我身体里面钻，钻入后，又不停地穿梭、流转，再从身体穿出去，复又回来。而每一次的这样来回，我的身体都会被带走一分重量。就这样，一次又一次，到最后，我的身体竟然变得通透而舒畅，甚至我的人也开始慢慢地悬浮起来。

我紧闭着双眼，可我却分明看到了一片宽阔平静的水面，水面上有着柔和无比的光，这光似乎是从水底透出来的，光照着水面，水又折射着光，一时之间，到处都是水，到处都是光，层层叠叠，无穷无尽。我试图将身体往水底的光亮飘过去，我想到那光的中心去，但我却用不上力气，我的身体毫无重量，我就悬浮在那里，丝毫动弹不了。

从厕所出来的时候，我觉得整个人都在恍惚，我感觉自己不是从厕所里走出，而是从另一个世界走过来。这世界似乎是真实存在的，它与我若即若离，就像磁铁的两极，存在却无法接近。

　　躺在床上，我的泪水就情不自禁地从两颊滑过去，溻在了枕头上。我轻轻抓过秀珍的手，将它放在我的胸口。就在此刻，我在心里默许了一个愿望。我想，如果我这次真能生下一个儿子，我一定要把自己的下半生皈依了佛祖。

　　在将两个孩子安排好以后，我就陪着秀珍住进了医院。我整理好床铺，让秀珍躺下。秀珍的身体躺在看上去并不怎么干净的白色被子里，显得很是紧张。我拉住她的手，冲她笑着，我想说说话，宽慰宽慰她，可是，我却不知道自己该说些什么。就这样，我们两个紧紧握着各自的手，谁也没有开口。病房里的气氛凝重得就像在进行某种仪式。

　　病房里闹哄哄的，不时有人进进出出。隔壁床的那个产妇，因为临产时的阵痛不时发出夸张凄厉的哭喊声，这让病房里的气氛显得更加诡异。每当这个产妇发出哭喊声，秀珍的身体总会抖动一下。虽然这已经是她的第三个孩子了，可她依然比第一次生产还要紧张。

　　因为羊水不足，秀珍需要提前生产。在给秀珍做过各项检查后，医生决定下午就给秀珍做分娩手术。我陪着秀珍到了手术室门口，医生就不让我进了。我只能站在那里，看着秀珍躺在那张盖着白色床单的推车上，被推进了手术室，随后手术室的门关上，红灯亮起。站在门口，有一瞬间，我感到特别恍惚，似乎推走秀珍的不是推车，而是一辆没有牌照的白色面包车。当那辆面包车消失在我的视野中时，有一瞬，我觉得我是永远地失去了秀珍。

整个手术过程中，我都没有坐下，我就像个雕像一样站在手术室门口。我看着门上的红灯，不停地吞咽着自己的口水。我觉得喉咙很干，不渴，就是干。我死死盯着那扇有些斑驳的手术室的门，似乎那里隐藏着另外的一个世界。我渴望时间能变得快些，快得就像一列火车，这样，我就能马上看到结果。可我又渴望时间变得很慢，慢得就像掉进黏稠的糖浆，这样，我就不用那么仓促地面对结果。

我就那样胡思乱想着，都没看见手术室的灯是什么时候灭的。尽管我一直盯着它，可我却像个盲人，什么也看不见。灯灭了，很快，门也开了，那张蒙着白色床单的不锈钢床又被推了出来。近一些，我就看见了秀珍，她虚弱地躺在那里，面色惨白。我试图向她走过去，可我的腿却一阵阵地发软，无力动弹。

很快，秀珍也看见了我。看见我的时候，她似乎是用了很大的力气，冲着我露出了一个微笑。这微笑似乎给了我力量，我坚持了一下，终于也走到了她的身旁。就在此时，我看见秀珍的身体旁还有一个黄色的小包裹，小小的，中间缚了根棉布条。我颤抖着双手小心翼翼地掀开包裹，里头有一双眼睛，一股柔和的光从眼睛里流出来，清澈无比。

是儿子，秀珍有气无力地说。

我点了点头，我说，我知道。

秀珍说，你抱抱他。

我摇了摇头，我抱不动了，我一点力气都没有了。

秀珍笑了笑，她的眼中闪过了一丝泪花。

15

　　秀珍说，你给儿子取个名字吧。我说，名字我早就想好了。我找了张纸，写下了方长两个字。秀珍一愣，方长？怎么听着像和尚的名字？什么和尚的名字？这个字不念"zhang"，念"chang"。方长，就是来日方长的意思。就是说生了儿子，我们的好日子还长着呢。秀珍愣了一下，说，反正我觉得怪怪的。我说，我这初中文化能取这样的名字已经不错了。反正先叫着吧，如果真不喜欢，以后上户口的时候，再想个好名字。

　　儿子不像我，像秀珍。儿子像娘，这是天经地义的事。可秀珍却说他像我，我是一点都看不出来儿子哪里像我。或许，秀珍是想让我高兴高兴，她知道我有多想要个儿子。其实，话说回来，儿子像谁，又有什么打紧呢？这可是我的儿子，是天底下最宝贝的东西。

　　我跟秀珍商量，现在有了方长，我想让她把超市的那份工作给辞了。我说，我现在有三份工，赚的钱够家里用了，不想她再去劳累。可秀珍却不愿意，她舍不得她那份工作。好不容易才找来这么份好工作，干吗辞掉？方长也可以放到幼儿园啊，大不了我以后不上晚班了，不是也没影响吗？

我耐心地劝秀珍，可我们现在有三个小孩儿了，带个人不是带根绳，你哪还有精力上班啊？如果你去上班，我又在外面，三个孩子，一个都没在我们眼皮底下，怎么放得下心？我们这么辛苦为什么，不就是为了孩子吗？

　　秀珍没接我的话，扭头看着方长，你爹现在是大富豪了，妈妈挣的钱他都看不上了。

　　听了秀珍的话，方长突然就咧嘴咯咯地笑，就像他听明白了一样。我轻轻地刮了一下方长的鼻子，儿子，你也听懂了吧。你爸爸有了你，就是天底下最大的富豪了。

　　秀珍也笑，笑了一会儿，她的神情又有些忧愁，如果我没工作了，你就更要辛苦了。

　　我笑笑，怎么会呢？我又没起早贪黑地上山砍柴，也没有钻地去挖煤。家里也有吃有喝，苦什么？不就是骑骑三轮车，送送牛奶报纸吗？虽然也不算什么好行当，可我觉得我挺自豪的，你看那些城里人，养一个孩子都那么吃力，我一个骑三轮车的，却能养三个小孩儿，你说我自豪不自豪？秀珍，有了这三个孩子，我真觉得背上夹了块板子，整个人都挺直了。对了，我告诉你件事，前两天，我在路上碰见以前的一个熟人，他还说我长高了。我一开始还没听懂什么意思，后来我就想明白了，你看我有这三个儿女，每天昂首挺胸的，你说我能不长高吗？

　　秀珍听了，忍不住笑，看把你得意的。

　　其实，我还有个得意的原因没有告诉秀珍，就在今天，加上新领的工资，我们的存折里面正好满了四万元。当我知道这个数目后，我真想把这钱从银行取出来，放在床上，一张一张地摊开来。想想，城里的钱还是好挣，要是在乡下，一千元都很难存下来。在城里，我骑三轮车，送牛奶，送报纸，我还偶尔出去接佛事，再加上秀珍超市里的收入，这钱就不声不响的很快积攒起来了。算算，拢共也就不到一年的时间，如果满整年，存下五万肯定没什么问题。一年五万，十年五十万，二十年就是一百万。方长现在刚一岁，等到到了二十岁的时候，我就可以交给他一百万了。

算着这笔账，我突然有些激动起来，我朝房间四周打量了一遍，一百万元，如果都换成一元钱的硬币，能不能将这个房间叠满啊？

这天早上，秀珍便去超市办辞职的事情。出门的时候，她叮嘱我今天不要出去骑车，到店里办好辞职的手续她就会回来的。我说要不要我陪你去。秀珍说不用的，你就在家好好带孩子吧。

到了下午，秀珍又给我打了个电话，说自己已经跟店长说好了，明天就可以不用去上班了。不过同事们要请她吃个散伙饭，晚饭就别等她了。

我就在家陪着二囡和方长玩，等到大囡放学回来，我就让大囡陪弟弟妹妹，我去买来菜，烧给她们吃。吃完了，大囡便开始做作业，我和二囡则一起逗方长玩。很快，天就黑了。方长肚子饿了，要吃奶，可秀珍挤在奶瓶里的奶已经没了，方长不高兴，便哭闹了起来。我有些烦躁地看了看时间，这都快八点了，秀珍怎么还不回来。我打秀珍的手机，手机却关了。奇怪了，怎么回事啊？我有些着急起来。又坐了一会儿，我终于坐不住了。

大囡，你在家里陪着弟弟妹妹，我去接妈妈好吗？

大囡点了点头，爸爸你去吧。

我想了一下，不放心，又叮嘱道，大囡，你要把门锁好，除了爸爸妈妈，谁叫门你都不要开，知道了吗？

大囡又点了点头。我想了想，还是不放心，不知道还有什么没交代的，这时，大囡反倒催我了，爸爸，你快去接妈妈吧，我是大孩子了。

于是我便骑着车急匆匆地出门，往秀珍的超市赶。到了超市，超市里还没下班。我一进去，便看见了一个胖乎乎的收银员，我问她秀珍还在吗？她说，早走了啊，七点钟就走了，说要回家给孩子喂奶。

七点钟就走了，要知道我出来的时候就已经八点了，秀珍骑着电瓶车，从这里回家，再慢也用不了一个钟头啊？真是怪事，秀珍没别的地方可去啊？

我心里有一种不好的感觉，出了超市，我又赶紧往家里赶，我安慰自己，也许秀珍现在已经到家里也说不定。一走到家门口，方长还在啼哭，我心里一紧。开了门，秀珍果然没回来。大囡奇怪地看着我，妈妈呢？我随口撒了个谎，妈妈有点事，我先回来看看你们。大囡，你再照顾一下弟弟妹妹，爸爸再回去接妈妈去。千万不要开门，知不知道？大囡将信将疑地看着我，点了点头。

我骑着三轮车，沿着秀珍平常走的路，慢慢地寻找着。秀珍到底会去哪里呢？一路上，不时有救护车和警车开过，发出尖利的警报声。听见这个声响，我的心便一阵阵地抽紧，不时滑过一些不好的预感。我晃了晃脑袋，逼着自己不往那方面想。

就这样，我骑着三轮车，慢慢地驶上南门那条有些偏僻的斜坡，我一边骑，一边往四周打量着。骑了一会儿，我仿佛听见有人在叫我的名字，声音很微弱，听不清明。我停下车，仔细辨认了，对，是秀珍的声音。我顺着声音又寻了一阵，终于看见了秀珍，她坐在路边的一棵法国梧桐下，电瓶车则倒在一边。因为天太黑，根本就无法察觉。

秀珍，你怎么了？秀珍看见我，想露个笑容，眼泪却先流了出来。她告诉我，她已经在这里坐了一个多钟头了，根本没有人留意到她。我再不来，她都要绝望了。

原来，这条路平时一直是好的，不知什么时候起，有工人在这里埋电信的管道，就这样把好好的一段路给开了膛。这段时间，秀珍一直在休产假，也不知道这里的路给挖了，晚上回来，秀珍骑车下坡，正好迎面开来一辆汽车，闪着远光灯，灯光晃了她的眼睛，一时看不清楚，车把一歪，将车开到了水泥夹缝里，连人带车都摔在了地上。

秀珍说，我也不知道是摔在哪里了，左手疼得不行。可我又不敢走，电瓶车还扔在这里，我又疼得推不动车，怕走了，车子被人偷了。本来想给你打电话，可是手机被摔坏了。没办法，只能一个人坐在路边。我想，你一定会来找我的，我就坐在这里等你。

听了秀珍的话，我的鼻子有些发酸，我说，你怎么这么傻，一辆破电瓶车有什么用？如果我不来找你，那你就一直在这里坐下去啊？

秀珍说，不会的，总会有人走过发现我的。再说了，你怎么可能不来找我？

我搀住秀珍，能站起来吗？秀珍说能的，就是脚有些麻。我说，得赶紧去医院看看，可别把骨头给摔裂了。

就这样，我小心翼翼地扶着秀珍坐到了三轮车上，然后又把电瓶车搁在了座位前面的踏板上。我记得这附近好像有一家骨科医院的，便载着秀珍和电瓶车往那医院赶。

急诊室的值班医生给秀珍拍了片，很快，片子出来了。医生将片子塞在一块发亮的板子上，看了一会儿，眉头皱了起来，显得神色有些凝重。

你看看，能看清楚吗？

我瞪着眼睛看了一阵，然后疑惑地摇了摇头。

医生用手往片子的某个部位指了指，看见了吗？那个黑乎乎的，那是你老婆骨头里长的东西。

我被吓了一跳，怎么可能，骨头里怎么会长东西？

我现在还不敢断定，初步怀疑是囊肿。

囊肿？骨头里长囊肿？这可真是咄咄怪事，我以前都没有听说过。

医生给我解释道，这个人的骨头和其他地方是一样的，都是活的。只要是活的，就有可能长囊肿。就拿你老婆的骨头来说吧，你看看，这里是黑的，这里却是非常亮，这是什么原因呢？黑的地方是囊肿，亮的地方却是空的。这么说吧，我们正常人的骨头里，也是有东西的，这个东西就是骨髓。而你老婆的骨头里呢，你看，亮晶晶的，已经没有骨髓了，这些骨髓都被那个囊肿给吃掉了。现在她的骨头就好比竹子，里面是空的，脆松的。这说明这个囊肿在你老婆骨头里已经长了一段时间了，已经将里面的东西吃完了。

我着急地说，那怎么办？

我建议你赶紧将你老婆送到大医院去。这可不是普通的毛病，我们这里治不了。这样，你带你老婆去杭州吧，医院我帮你联系，你要抓紧，要马上送去。

我不知道我是怎么走出医务室的，我觉得整个人都乱了，就像我是一堆积木，堆得好好的，突然就散架了，落了一地。我走出了医务室，一个人走到了急诊室的大门口。外面的天色很黑，路灯昏黄，只有偶尔来医院的汽车，灯光在黑暗中招摇几下。

我两腿发软，瘫坐在急诊室门口的水泥台阶上。我觉得难受，特别的难受。我真的没办法描述这种感觉，我觉得我不是坐在台阶上，而是坐在锋利的悬崖峭壁边。我垂着头，汹涌的情绪就像涨潮一般层层叠叠地往上涌，喉咙发硬，一股低沉而剧烈的悲伤抵在了我的喉咙口，我的眼泪就扑簌簌地往下掉，几乎将我面前的一块空地完全涛湿。终于，我抱住自己的膝盖，忍不住放声大哭了起来。我不知道自己究竟是为什么而哭，我只是想哭，大声地哭。我已经记不清自己有多久没有这样哭过了。

过了一会儿，急诊室门口又急匆匆地走出了一个人。我赶紧用袖子擦干自己的眼睛。这个人一屁股坐在了我旁边，点了根烟，然后拿起手机开始玩游戏。我无聊地盯着他忽闪忽闪的手机屏幕。让我奇怪的是，我从来没玩过游戏，可看着看着，我竟然看得入了神。他就这样一关一关地玩着，我就在旁目不转睛地看着。我突然觉得我现在的生活跟这游戏多么的像，过了这一关，马上就有下一关等着你，而且下一关总是比这一关难，一关一关又一关，永远也打不完。

就在这时，我的脑中突然想起了一件事。我想起秀珍生下方长的前一天晚上，我牵着秀珍的手，对着天花板许下的那个愿。为什么秀珍会得这样的病，难道是因为我许下那个愿，又没有做到的缘故？可是，佛教不是讲慈悲吗？怎么能这样对秀珍，如果真要报应，也应该冲我来啊。如果佛教也有这样恶毒的报应，我还皈依哪门子的菩萨？

很快，我们便联系好杭州的医院，可我和秀珍最放心不下的还是家里的几个孩子，我总不能带他们去杭州吧？现在秀珍的情况还不清楚，我都不知道自己该怎么办。几个孩子去了，我哪有工夫去照顾他们。想来想去，我便托巷弄口的那个托儿所，给介绍了一个阿姨。我跟阿姨说明了家里的情况，希望她这些天能住在我家，帮忙照顾一下孩子。阿姨人不错，做过月嫂，也是乡下来的，长得方头大脸，看着就忠厚。她说你就放心去吧，孩子我会带好的。我感谢了一番，带着阿姨回家。我跟孩子们介绍了阿姨，说爸爸妈妈要出去几天，你们在家里要听阿姨的话，特别是大囡，要帮着照顾好弟弟妹妹，知道吗？大囡看着我，咬着嘴唇，一句话也不说。大囡是个聪明的孩子，她一定猜出家里发生什么大事了，但她很懂事，她知道我不跟她说，一定有我的道理。我看了看大囡，又看了看二囡和方长，我觉得有些心酸起来，如果秀珍真有什么事情，我该怎么面对这些孩子们啊？

临走时，我又特地叮嘱了大囡几句，大囡，照顾好弟弟妹妹，有什么事就让阿姨打爸爸电话，知道吗，要乖。

大囡用力点了点头，阿姨在旁笑眯眯地对大囡说，大囡肯定乖的，再说还有阿姨呢，对不对？

我又摸了摸大囡的脑袋，随后又依次摸了摸二囡和方长的脑袋，便转身快速地离开。我得快些走，这些孩子看得我心软，我怕再待一会儿，我的腿就会软得走不了了。

我站在公交车站等车，过了一会儿，突然听见有人在叫爸爸。我转过身，竟是大囡从巷子口跑了出来。大囡跑到我旁边，抱住我的腿就哭了起来。

大囡，你怎么了，干吗哭啊？大囡没有说话，只是哭，小肩膀一抖一抖的，哭得那么伤心。一时之间，我也不知道该怎么安慰她，我只能轻轻拍着她的肩膀，我不敢开口，我怕一开口，我也会哭起来。

过了一会儿，公交车来了。

大囡，车来了，爸爸要走了。

大囡这才将手从我腿上松开，她用力抹了抹眼睛，吃力地帮我拎起那个装着洗漱用品的袋子。我赶紧接过来，大囡，太沉了，让爸爸自己来。大囡却不肯，非得帮我拎。车子开到了眼前，停下，开了车门。我说，好了，大囡，给爸爸吧，爸爸要上车了。大囡把袋子递给我。好了，大囡赶紧回家吧，听阿姨的话，照顾好二囡和弟弟，知道吗？大囡用力地点头。

我上了车，坐在车窗边。大囡看着我，突然大声问了一句，爸爸，妈妈会回来吗？我心里一紧，用力地点了点头，放心吧，爸爸一定会带妈妈回来的。

车子开动了，我看见大囡在站台上又站了一会儿，然后转身往巷弄口走去。看起来，她那小小的身子显得那么柔弱和孤独。在她面前，那个原本狭小的巷口，竟然像一片荒漠那么巨大。

我的眼泪忍不住又扑簌簌地掉落下来。我用力地擦自己的眼睛，一遍又一遍地擦，擦得生疼。

16

秀珍住了院，做了切片。万幸的是，切片结果显示，秀珍的囊肿是阴性。

我长长地松出一口气。好了好了，最揪心的事情终于还是没有发生，一切并没有我想象的那么糟糕。

接下来，便是手术了。安排给秀珍手术的是一个姓周的医生，年纪不大，戴着一副眼镜，一副文质彬彬的样子。周医生说，这个手术需要把秀珍手臂的骨头打开，将骨头里头的东西取干净，再用钢板将骨头切掉的部分补回去。

周医生说这些话的时候，神情自若，可我却忍不住将眼睛眯合起来，似乎此刻我的眼前出现了一幅割肉切骨的画面，血淋淋的，让我不敢直视。我记得小时候看连环画，看到过关公刮骨疗伤的故事。那个叫华佗的神医给关公刮去骨头上的箭毒，关二爷不但不喊疼，还神情自若地跟别人下棋。说实话，我总疑心这个故事是假的。又不是神仙，一个活生生的人，怎么可以让刀子在骨头上刮来刮去呢？可现在，想不到秀珍也要做这样的手术，而且看上去比关公还要严重，不仅要刮，还要将骨头打开来刮。

回病房时，我还寻思怎么跟秀珍说手术的事，要是她问起来，我还真不知道该怎么回答。我怕秀珍会害怕，她总不可能比关公还坚强。可让我没想到的是，我回了病房，秀珍却丝毫没问手术的事，只是担心家里的孩子。我安慰秀珍，你不要担心，有阿姨照顾她们呢。要不，打个电话？

秀珍应了，我便拨通了那个阿姨的手机。秀珍拿着手机说了会儿话，一会儿笑，一会儿哭的。我在一旁看着她，心里一锅粥。我的耳朵边始终回响着嚓嚓的声响，一开始，我还没意识到这是什么声音，后来我突然明白了，这不是别的声音，这是刀片在骨头上摩擦的声音。

这是什么手术啊，又割肉又磨骨头的。要知道，那可是活人，活人身上真能这么干？说实话，我心里不相信那个周医生。别说是给人动手术，就算是卖猪肉的，手一抖，多给一些，少给一些都不一样。这医生又不是自己家亲戚，不是贴心贴肉的，万一他不给你好好做怎么办？你又不知道。

我有些烦躁，便一个人走到了医院外面，正好旁边有个小卖部，便跑过去买了包香烟。

我就站在小卖部里点了一根，抽了起来。

你是到医院看病的吧？老板主动跟我搭茬。

我点了点头。

一看就知道，是头一次来吧？

是啊，要动手术，又不放心，正发愁呢。

这有什么好发愁的，给医生送红包不就行了。

我一愣，送红包？

是啊，送红包啊。这年头，谁到医院里不送点红包啊。

我脑子突然反应过来了，有道理啊，我可真是聪明一世糊涂一时，以前我找工作，还有秀珍超市里的那活儿，不都是送礼送的吗，怎么到了医院，我就不明白这个道理了？

这时，老板打开旁边一个抽屉，拿出一张卡来递给我。

我接过来看了看，这是什么，电话卡吗？

什么电话卡，是超市卡，喏，你看。老板朝对面指了指，看见没有，联华超市，就是那里的超市卡。

我看了看超市，又看了看这张卡，有些将信将疑地问道，这个卡做什么用？

当钱用啊，拿着这卡去超市，想买什么就买什么啊，跟钱一样。我跟你说，现在的医生都喜欢收这个，钱太张扬，没人敢要。

那这个卡多少钱一张？

各种额度都有，就看你要送多少了。

我想了想，两千的有吗？

老板翻了一阵，拿出一张，喏，这张是两千额度的。这样，你给我两千一百，我就收个成本费。

就这样，我拿着卡来到了周医生的办公室。运气不错，周医生在里面。周医生问我有什么事。我说，快动手术了，我就想咨询下周医生，看看手术前还得注意些什么。

周医生说，倒也没什么要特别注意的。你呢，平时多陪陪她，让她不要太紧张。生病了，总是要去面对的。还有就是尽量给她改善一下伙食吧，补充营养，毕竟是动手术，还是需要好的体质的。

我满脸认真地听着周医生的话，频频点头。我的手插在口袋里，都快把那张超市卡攥出汁水来了。

周医生说了几句，见我还没有走的意思，那个，你还有别的什么事吗？

我一愣，用力摇头，没事没事。

那行，就这样，我也有事。

我赶紧站起身来，那我就不打扰周医生了。说着，我就将口袋里的卡掏出来，扔在桌上，转身要跑。可没想到周医生的动作比我还快，一把拉住了我的胳膊。

哎，你这是什么意思？

我被他拉住胳膊，走不了，只能尴尬地站住。是这样，周医生。你不是说，秀珍动手术要补充营养吗？我想，秀珍躺在那里，不用动都要补充营养，你站着做手术的，不是更需要吗？所以，我就想让你也买点什么补充补充。

周医生听了我的话，被逗乐了。他一乐，我的胆子也稍稍大了起来，又说，周医生，我想，你营养补充好了，肯定手术也会做得更好，对不对？

周医生看了我一样，皱着眉摇了摇头，又叹了口气。他似乎想说些什么，但又什么也没说。他将卡塞到我口袋里，起身往外走了。我心里一慌，赶紧跟了出去。

说实话，此刻，我也不知道自己到底想做什么，似乎就是惯性，我就要跟着周医生，他走到哪里，我就跟到哪里。走了一阵，周医生停下身子，扭头看我，你跟着我做什么？我尴尬地笑笑，没事没事，就随便走走。周医生的脸色沉了下来，他走到电梯旁，按了指示灯。电梯开了，他走了进去，我赶紧也跟了进去。周医生没再看我，他看上去不大高兴。我站在他旁边，心里有了打算，不管怎样，今天一定要将这个卡送给他。

就这样，又下了一层，电梯里终于只剩下了我和周医生两个。谢天谢地，机会终于来了，这下可不能再拖延了。我迅速地将卡掏出来，直接扔进了他白大褂的口袋。周医生被我突如其来的举动吓了一跳。

你做什么？他要将口袋里的东西取出，我用力地将他的手按住。我看着周医生，几乎哀求一般，周医生，求你了，你收下吧。我没有别的意思，就是求你能将秀珍的手术做得好一点。

周医生用力地挣脱着我的手，你不要这样，你这是砸我饭碗。

我死死地按住周医生的手，不让他抽出来，周医生，你放心，我这个人很上路的，这个事情我绝对不会说出去。

周医生一阵着急，折腾了一阵，他终于抽出一只手，冲着电梯的一角指了指，我抬头一看，那里竟然有一个摄像头。顿时，我像被电击一般，迅速将手从周医生的白大褂里抽了出来。我站在电梯的一角，不知道该如何是好。我觉得尴尬极了。我觉得我一辈子都没这么尴尬过。周医生站在电梯里，用力地揉着自己的手腕。揉了一会儿，他突然扑哧一声笑了起来。

电梯门开了，周医生走了出去，我下意识地又想跟出去。周医生转过身，温和地看着我，好了，别再跟着我了。

我站在电梯口，看了周医生一眼，眼泪便从我眼眶里流了出来。我低下头，用袖子用力擦自己的眼睛，这一刻，我感觉自己是那么的没用，那么的可笑。我很沮丧，这沮丧并非只来自于周医生的拒绝。我说不清它来自何方，就那样汩汩地从心底最深处涌了上来。

周医生见我流泪了，似乎也有些过意不去，他走过来，拍了拍我的肩膀，别担心，也别听别人胡说。放心吧，我是个医生，收不收你东西，我都会认真做的。

一个礼拜后，秀珍动了手术，她手臂上的肉被割开，取出一块麻将牌大小的骨头，将里面的囊肿取掉，再用人造骨填回去，最后用进口钢固定住。周医生没有食言，手术非常成功。接下去，只要再等一段时日，让新肉长回去就好了。除了一个疤，别的都看不出。

好了，再过了一个礼拜，秀珍可以出院了。我打电话给阿姨，让她叫大囡听电话，我要把这个好消息告诉她。我要在第一

132

时间让她知道，爸爸要将妈妈带回来了。听了这个消息，大囡便在电话那头欢呼了起来。就在这时，我脑子里突然闪过一个念头，从小到大，这几个孩子还没出过门呢，要不，趁着这次机会，让她们来杭州玩下？还有，我那张超市卡送不出去，带回家又不能用。我找过那个小卖店的老板，他只肯退我一千五百。原本，他就骗了我一百元，超市里两千元就能买到那个卡，他却卖我两千一百。一进一出，我要亏六百元。我可不干这傻事。干脆，让孩子们来杭州，将这两千元花掉算了。我就问阿姨，能不能辛苦一下，将三个孩子给带到杭州来。阿姨答应了。

就这样，隔天，三个孩子就来了杭州。

到了医院，一见秀珍手上厚厚的绷带，大囡二囡的情绪马上低落了下来，耷拉个脸。就连方长也似乎知道了什么，咬着手指，用怪异的眼神打量着秀珍。秀珍看了看我，我明白她的意思，她也不忍心让孩子们情绪这么低落，好容易来趟杭州。

我摸了摸大囡二囡的脑袋，走，爸爸带你们去超市。说着，我就抱着方长，带着大囡二囡去了医院附近的那个超市。站在超市门口，我十分豪气地喊了一声，大囡二囡，你们今天喜欢什么，就随便拿。爸爸有钱。

大囡惊异地看着我，爸爸，你是不是发财了吗？

我笑眯眯地说，对啊，爸爸发财了，发大财了，快带着妹妹进去吧。

大囡便牵着大囡兴高采烈地往超市里面跑去。我看着他们，又有些心酸起来。大囡二囡都是好孩子，特别是大囡，从来不乱花钱，虽然她也羡慕同学的新衣服，新文具，可她从来没开口向我要。每个月，她们最欢乐的时光便是秀珍从超市拿回那些快过期的食品。

我轻轻地将额头对着方长的额头蹭了蹭，小声说，方长，等你长大了，爸爸一定让你每天都这样花钱，好不好？

方长眨巴着眼睛，咬着手指，突然就咧开嘴笑了起来。

17

　　手术费、住院费、医药费，杂七杂八，一共花了五万多元。原本以为这些钱大半能报销，可医保中心的人告诉我，秀珍用的大多是进口药，进口的药是不能报销的。我觉得这是没有道理的，为什么国产的能报销，进口的就不能报销？如果有些人的病只能用进口药，那干吗还让他参加保险呢？对我的疑问，医保中心那位肥胖的中年女人有些嗤之以鼻，你去问卫生部长吧，你的问题，我回答不了。

　　我很不喜欢她的态度，我到哪里去找什么卫生部长，我都不知道他叫什么名字。

　　前阵子，我还在琢磨，每年攒五万，等方长二十岁的时候，我就能给他一百万，帮他买房子，娶媳妇。可现在，我只能给他九十五万了。到时我会跟方长说清楚，少了的那五万元钱，是被一个该死的我也不知道名字的卫生部长给拿去了。

　　我给阿宏叔打电话，我希望他能多给我介绍些佛事。阿宏叔说，你放心，我说过，你能吃这碗饭的，只要你能坚持下去，到时不是你去赚钱，而是钱自己来找你。阿宏叔的话听上去更像是一种宽慰，他是一个好人。现在我已经不相信钱能来找我的话了，它凭什么来找我，又不是我家亲戚。你看我来了城里这么久，我起早贪黑那么拼命，我都找不着它，它还会来找我？

阿宏叔没有食言，接下来的这段时日，他果然给我介绍了许多佛事。出门做佛事，一般都要几天，工作上我倒不担心，送几包烟，偶尔吃顿小海鲜，同事们都会乐于帮我。关键还是秀珍。我这一出门就是四五天，总不能老跟她说哪个亲戚去世了吧？照这个频率，用不了几次，我的那些亲戚估计都会被我咒死。

我在卫生间里，对着镜子，用剃须刀将头发剃光了。事实上，我已经有一段时间没将头剃得这么干净了。我摸了摸头皮，觉得微微有些发辣。我冲镜子左右打量着自己的头型，心里则盘算着该怎样跟秀珍开口。要不，还是干脆将事情挑明了吧，反正这也是早晚的事，秀珍又不是聋子瞎子，哪能瞒一辈子啊？可是我又担心，秀珍刚动完手术，身子弱，我不能惹她不高兴，毕竟我是出门去当和尚，不是做什么光彩的事。唉，这可真让人犯难。

我这盘算着，却听见秀珍在门外叫我，方泉，你在做什么，怎么半天不出来？

我赶紧将东西收拾干净，好了好了，马上出来了。

算了，伸头是一刀，缩头也是一刀，干脆硬着头皮跟秀珍说了得了，好好哄哄她，应该不会有什么大事。

我推开门，秀珍就站在门口。秀珍盯着我的光头，冷不冷？我一愣，她是说我的头吗？秀珍将手往上一举，这时我才注意到她手上拿着一顶褐色的毛线帽子。秀珍将帽子套在了我头上，往后退一步，认真打量一番。嗯，还挺好看的。

什么意思，送给我的？我忽然想起前阵子秀珍买了些毛线，我以为她是给方长做什么衣服呢。我还劝她，你这手刚动了手术，不能用劲，需要什么去买现成的就好了。当时秀珍笑而不答。没想到，她是给我织帽子。

秀珍，那个，我想。

我知道。秀珍打断了我的话。

我愣住了，你知道什么？

秀珍笑了笑，方泉，其实你在外面做什么都不打紧。你别担心，我理解你，无论怎么样，你都是为了家。我只要知道你心里装着我和孩子就够了。

哎呀，秀珍这话说得我心里一阵阵的暖和，我的鼻子都有些酸起来了。是啊，秀珍又不是傻子，我平常老剃光头，还捧个《楞严经》，她怎么看不出来？只是她没给我点破而已。她是个好女人，我想我是走了狗屎运，竟然能娶到秀珍做我的老婆。

佛事安排在山水村的一个庵堂里，是放蒙山。

蒙山其实也是焰口的一种。放焰口便是给口吐焰火的恶鬼施水施食。在乡下，一旦村里出了怪事，比如经常有人得病或是出了什么不太平的事，村里人会认为这是恶鬼作祟，大家便会凑了钱，请来和尚放焰口，让那些恶鬼不要在本地继续纠缠。

据说，原本的僧道尼，都有自家的焰口。和尚放的叫焰口，尼姑放的叫蒙山，道士放的，则称为小斛。按照老规矩，和尚的焰口，尼姑道士不能参加，尼姑的蒙山，道士和尚也不能参与，各家的焰口各家放，各家的规矩各家守。不过到了现在，这些老规矩早已没有了严格的界限，无论是焰口、蒙山还是小斛，只要是出家人，僧道尼都可以参加。

放蒙山的活动也在夜间举行，也要设坛，中间主坛，两侧陪坛。主坛上是法师，内穿黄海青，外披袈裟，头戴毗卢帽，其余僧众则坐陪坛。

现在，我已是一个乐众了，我负责敲木鱼。我认同阿宏叔对我的看法，我是能吃这碗饭的，无论是引磬、木鱼、铙钹、手鼓，我几乎一上手就能学会。比如木鱼，许多人都敲不好，虽然看着只是一敲一打，十分简单，实际上却不好掌握要领。许多人敲木鱼，总是爱用手臂的力量，其实用手臂的力量，既控制不好轻重，也不能持久，手臂会很快酸痛。我则不然，我会利用手腕的巧劲去敲，这样，木槌就能借助从木鱼上弹回来的力量，既好掌控，也不会让手感到酸累。

和焰口比起来，蒙山的排场要小一些，但程序上大致相同。起先是唱《心经》、《往生咒》、《大悲咒》、《变食真言》，然后念《阿弥陀佛》。法师坐上主坛，再唱一段《叶里藏花》。接着，加持四静，开铃，请圣，皈依三宝，法师再唱《遣魔印》、《伏魔印》、《次结火轮印》、《次结真空咒印》，众人唱《音乐咒》。随后，又启告三十五佛，五供养。法师除魔，唱《次结遣魔印》，结手印，众人唱"我今奉献甘露食"。最后，度亡召请，度鬼，发愿回向，皈依，奉送，这才圆满。

整个蒙山的仪式显得热闹而有秩序，法师的诵唱伴随着众人的和唱，法器伴奏，独唱、对唱、一领众喝、齐唱，就像这里在召开一场小规模的音乐会，热闹得不行。要完成蒙山的所有程序，大概要四个小时左右。其间，只有在法师念文书的时候，我们其余僧众才可以休息一阵。趁着这个当，我有了烟瘾，怕人看见，就偷偷绕到殿后的竹林边去抽烟。我刚点了烟，还没抽几口，便听见有人朝这边走来，扭头去看，竟是一个尼姑。她走到我旁边，像是看不见我，顾自点了一根烟抽。这个尼姑看上去有四十五六的样子，有些肥胖，不知道是不是肥胖的缘故，走路时，腿脚有些不稳。面相看上去倒是和善的。

就这样，我们两个抽烟，谁也不说话。我看着白烟在黑暗中袅袅浮浮，一根烟很快抽完了。法师文书念完还早，我又不想太早回去，便站在竹林边发呆。

今天的法师嗓子还不错。

我愣了一下，察觉尼姑是跟我说话，哦对，现在好嗓子不多了。

尼姑鼻子里哼了一下，不是好嗓子不多，是不讲究了。都想着混口饭吃。

我又一愣，不知该怎么接话，就没再开口。过了一会儿，尼姑又说，你是哪里的，以前好像没见过你？

哦，我是第一次来庵里放蒙山。

哦，难怪。我也有个小庵，平时偶尔有佛事，见的出家人也多，所以才说没见过你。

我是新手，平时也忙别的事。

这样挺好。

我说，要能像你这样就好了，有自己的庵堂。我觉得做这一行，一定要当家才行，否则也很难有出息。

她说，什么出息，都一样，一座小庵而已。有钱人，都喜欢去大庙。

我笑笑，拔了根烟给她。再抽一根吧。她没推辞，接了，我又帮她点了火。我们两个抽着烟，不再说话，空气中，隐隐传来法师唱诵的声音。听了一阵，尼姑突然说了一句，末法时代到了。我一愣，没明白什么意思。她将烟扔地上，踩了，快念完了，回去吧。我便也熄了烟，跟着她走。走到半路，尼姑又说，对了，你给我留个号码吧，过几天我那里有堂佛事，你有空就来做个乐众吧。我便拿出手机，跟她相互留了号码。这时，我才知道她的名字叫慧明。

整堂蒙山结束时，已经是这天的夜里十一点多了。庵堂里给大家准备了宵夜，但我没吃，结了钱，一个人走了。

夜晚的空气潮湿冷冽，走出庵堂，我便将外套用力收紧，脚步也加快了些。我企图将身体走热起来，这样才够抵御这一路绵延不绝的湿冷。

　　说实话，我舍不得走，我愿意在庵堂里待久一些。我喜欢这里，无论是水陆、焰口或是其他，只要是佛事，都让我感觉自己在参与一件很重要的事情。尽管在这些场合中，我只是身份最卑微的空班或者乐众。但我喜欢这种一起认真做事情的感觉，这让我觉得自己有了某种价值。好几回，当我站在僧众中，看着身前的那些斋家，我甚至会生出幻觉，觉着自己真是得了佛法的，我能在他们和某种神秘力量之间起到串联的作用。

　　但我明白，这样的感觉虽然美好，却更像个泡沫。一旦仪式结束，我就得回到现实中。我得从高处走下，匍匐在地，重新开始低声下气的生活。我觉得自己就像一架电梯，一会儿往高处走，一会儿又往低处跌。有时觉得自己似乎是一个重要的人，有时又觉得自己像空气里的一颗尘埃，一文不值。所以，我得强迫自己离开，我得强迫自己知道，这只是一门赚钱的手艺，就像当年做漆匠一样，房子刷得再漂亮，也是主人家的，它不属于我，我也不属于它。

　　就这样走着走着，渐渐的，我离城市越来越近，近的都能看见夜色中那些璀璨的灯火了。在那些灯火中，有一星半点是属于我的，在那里，有我的妻子秀珍，有大囡、二囡，还有方长。他们在那里等我。我得赶回去，和他们挤在那间狭窄的出租房，一起度过并不漫长的黑夜。等到明天凌晨，我又得早起，因为我还要去送牛奶和报纸，送完了，我还要给那个马站长送去热腾腾的生煎包，然后在交警的围追堵截下去骑三轮车。

这才是真正属于我的生活。

走到城南那座大桥的时候，我停下身子，忍不住朝身后张望了一眼。此时，山水村的那个庵堂已经完全看不见了，只有黑暗和更深沉的黑暗。看着那片黑暗，我的脑子里却不停闪过放蒙山时的情形，我觉得有些恍惚，似乎那里发生过很多东西，却似乎什么都没有发生，一切就像一部被虚构了光影的电影。

周医生告诉我，秀珍的手术很成功，但他也不能保证秀珍的病不再复发。如果两年内不复发，就没有事。可一旦复发，就什么都说不准了。

我明白周医生说的那个说不准是什么意思。在那一刻，我突然想起我在方长出生前那一晚许下的愿。我不知道那个愿和秀珍的病有着怎样的联系，我也不知道，那一刻，我为什么要许那样一个愿。事实上，我并没有皈依的决心，因为皈依，我就必须和秀珍离婚。

我叹了口气，我知道，我许下的这个愿，它就像一把利刃，将长久地高高悬挂在我的头顶。

几天后，那个在山水庵碰见过的慧明师父便给我打来了电话，约我去她庵堂里做一堂佛事。慧明师父的庵堂叫山前庵。我知道那个地方，旁边有个山前村，离城区不远，骑电瓶车约莫半个小时就能到。

山前庵不大，庵名因寺后一座屏风般的大山而得名。寺里新老房屋相间，说新房也不算新，八十年代造的，但因为缺少维护，房子早已变得破败了，四处漏风，清冷得很。

我去得太早，此时别的僧众还没有到，庵里只有慧明和一个约莫五十几岁的男人在。这个男人有着少见的高大身材，看着竟有一米九十的样子，不过精神却很差，皮肤蜡黄，躺在院子的桂花树底下晒太阳，毫无声响。

我到了不久，不多时，来参加佛事的僧众们也三三两两来了。人齐了，便开始做佛事。佛事不大，拢共不过十个人。对我来说，这一行做到现在，已经见过太多的大场面了，这种小佛事对我来说简直就是轻车熟路了。让我好奇的是，我们做佛事时，那个高大男人就帮着传递香炉檀香等小物品，他的身体很虚，稍微动几下，就像干了重活，折身又躺到院前那棵大桂花树下的躺椅上，一副气力不济的样子。

因为是小佛事，整个仪式规模小，也显得匆忙，太阳还未落山时，便结束了。不过，因为斋家们还在，我们这些僧众不能在他们的众目睽睽下结账走人，便又留着，各自打发着时间。

我找慧明师父聊天，慧明师父跟我介绍说，这个庵堂始建于乾隆二十三年，原先寺里还有块碑，记载着当时捐钱建寺的始末以及一众善男信女的名字，但"文革"时被村民敲碎，后来那些残片便都不知所踪。现在庵里还留下个石香台，上面有字，依稀可辨乾隆二十三年的字样。慧明说自己本是温州人，当年也是机遇巧合，听了别人的介绍来这里。虽然当时看着这里多年没有香火，早已破败不堪。但寺后的这座山却好，她就留下来守了这个观音道场。

我们说着话，渐渐的，斋家们也都散了，慧明师父便将佛事收来的钱清点了，让众人结账回家。

从这天开始，只要庵堂里有什么佛事，慧明师父总会打电话给我。慧明人不错，也宽厚，对佛事要求不高，有些不上路的空班站在大殿里嬉皮笑脸，东倒西歪，她也不会去说。我想，要是换作阿宏叔，那些人早就被斥出大殿了。后来，我又知道那个高大的男人，原来是慧明师父的表哥，也是温州来的。大概二十年前，慧明师父来到了这里，十年后，她的表哥又跟来了此处。从此，两个人便一直守着这座庵堂。

慧明的表哥得了恶病，有一次，慧明师父无意说起他的病情，哀伤地念了一句，他是随时会走的人。但她没有细说他是什么病，欲言又止，我也不好细问。说起来，慧明师父的表哥倒是有一副好生相，特别是走路时，步履缓慢，宽大的僧衣低垂，很有些古风。不难看出，年轻时，他肯定是个特别强壮的人。心想起来，人生还是多变的，此一时，彼一时，年轻时体壮如牛的男人现在却虚弱成这样一副残败的模样。

慧明的表哥不爱说话，开口时声音细若蚊蝇，可他也是个好相处的人。有一次，不知怎么，见了我，竟虚弱地向我招手，示意我过去。我走过去，坐在他身旁，他便亲昵地拉住我的手，还轻轻拍打着我的手背。他的手很干燥，似乎没有水分，也没有温度，手上密密麻麻地布着新旧不一的针孔。

你这个人很好，我能看出来。

我愣了一下，不知他说这话是什么意思，他是从哪里看出我的好来的？

你有孩子吗？

有。我顿了一下，有三个。

哦，那你可有的忙了。

呵，是够劳心思的。

好，孩子总是多些好。你不知道，年轻时，我就想一件事，我想我以后一定要生很多很多的孩子，然后我就骑着自行车，嘴里塞个哨子，我一吹哨子，孩子们都跟在我身后跑。那多带劲。

听了这话，我不由笑了，他也笑，但他笑得很吃力，一笑，就低声咳。说这些话，显然耗费了他太多的力气。这是我印象中他说话最多的一次，其余时间里，他总是躺在那里晒太阳，悄无声息，就像一段没有了水分的鱼鲞。

慧明说的不错，虽然山前庵年久失修，显得破旧，但它背后的那座山的确是生得好。这山不算高，山势缓和匀称，呈环抱之势。山腰处，还有一个小水库，水质很好。风水里讲山为贵，水为财，依山傍水无疑便是一块福地了。另外，山脚还有三十亩竹林，山间风一动，竹影摇晃，很有些气势。据说，原先这片竹林都是庙里的私产。四九年以后，全归了公。慧明师父说，以前的寺庙都有私产，可以出租维持寺里开支，不像现在，只能忙忙碌碌地靠着佛事过日子。

早年间，刚来这里时，慧明也动过大念头，想着出去化缘，将庵堂好好扩建起来。但后来，又觉得四处奔波过于劳碌，便放弃了原先的念头，稍稍修补一下，便得过且过起来。慧明师父说，大庙有大庙的气象，小庙也有小庙的门路，庙大庙小，是前世的福报注定好的，她是认命的，只求个安稳清静。

我不知道慧明师父说的是不是真心话，反正我是不赞同她的说法。既然做了当家，怎么能不计划着将寺庙建大呢？没有大庙，哪来的香火？想着这些，我的脑子里突然闪过一个念头，如果让我来做这个寺庙的当家，我一定会想尽一切办法，将这里建成一个比阿宏叔那里还大的大寺庙。

当然，这样的念头也是想想而已，我这样的一个空班乐众又怎么有可能成为一个寺庙的当家呢？

这只是虚妄的想法。

18

　　二囡蹲在地上玩前几天落雨落下的积水，方长则坐在边旁的竹推车上，眼睛盯着二囡，看得认真。出门时，我特意唤了二囡一声，二囡，爸爸出门了。二囡却连头也没抬，只是口中嗯了一声，继续玩水。我有些无趣，又摸了摸方长的脸，方长，爸爸要出门了。方长将脑袋往旁边使劲歪着，似乎在责怪我将他的视线给挡住了。我觉得失望，对于我的离开，二囡和方长没有表现出丝毫的留恋。要是换做大囡，她肯定会恋恋不舍。这就是三个孩子的区别。也许是我和二囡方长待在一起的时间太少了，我安慰自己。好了，不想这些了，现在我要赶到山前庵去，慧明师父打了电话让我过去。

　　到庵堂的时候，慧明师父就站在大门口等我。见了我，便说，你随我来。转身往楼梯走。我心里有些犯嘀咕，楼上是她的房间，照理，我是不应该去她房间的。我察觉出气氛有些不大对，似乎发生了什么大事情。我跟着慧明进了她的房间，房间很小，朝东开着一个窗户，下午，西晒日头是落不到这个房间的，一走进去，便能感觉到十分阴冷。

　　这是我第一次进慧明师父的房间，房间装饰很简陋，靠着南墙有一张破旧的小凉床，北墙边是一张小条案，条案边立着一个四面平的榉木大橱，老漆斑驳。除此以外，房间里便没有像样的摆设了。

慧明师父进了屋，却不说话，坐在床上，只是朝着东边的那扇窗户向外望着。窗外，是一片菜地，有一个农民正蹲在地里侍弄着什么。房间里的气氛显得有些诡异，我不知道发生了什么事情，我在脑中猜测着。

他走了。许久，慧明师父才冒出一句话。

他走了，什么意思？谁走了？

慧明师父看了我一眼，伸手朝着那条破旧的条案指了指。我顺着她的手看过去，条案上是一堆印刷粗糙的经书，还有香烛盒子及其他一些杂物。在这些杂物中，方方正正地放着一个盒子。

他走了。慧明师父又说了一句。这一瞬间，我顿时领悟，这个盒子不是普通盒子，而是骨灰盒。他走了，是那个高大的僧人吗？那么大一个人现在就装在条案上这个狭小的盒子里了？我浑身一阵地起鸡皮疙瘩，冷飕飕的。我将目光缩回来，这时，我注意到床前还摆放着一双宽大的鞋子，整整齐齐。我忽然想，会不会这双鞋就是那个僧人脱下的。我的耳边突然浮现出了他虚弱的声音。

我觉得恍惚、震惊，甚至还有些恐惧。这些突如其来的情绪，让我一时之间都不知道该说些什么。

慧明师父眼神茫然，呢喃道，生死有命，只是，太突然了。

晚饭，我们还是一起吃的，结果一躺下，他就没有再起来了。

这时，我才从惊慌中稍稍有些反应过来，赶紧安慰道，慧明师父，你想开些。

都是方外之人，还有什么想得开想不开的。慧明师父也稍稍调整了一下情绪，其实我今天找你来，是想让你帮我个忙。

什么事，你尽管说。

老实说，虽然这个庵堂香火不算旺，可毕竟我在这里待了这么许久，也是攒下些钱的。可我也不瞒你，我有个儿子，每个月我都要寄钱给他。我表兄劝我，年岁大了，得给自己留点养老铜钿。可我从来不听。现在，他走了，我才发现他说得对。我现在心也冷了，什么都不想，就只想带着他的骨灰回去。所以，我想再做一堂水陆，赚些路费钱。可你知道，我现在心思气力都没有了，想来想去，就想请你帮我张罗。

原来慧明说的是这事情，我说，慧明师父的事，我自然是愿意帮忙的，可我毕竟是个空班出身，就怕做不来。

这个我不担心，你是个有心的人，我看得出来。没有事，你尽管放心做，再说了，出出主意的气力，我还是有的。

我想了想，不好推辞，就应了下来。

慧明师父又说，其实他在时，几次跟我说起你，说你后生是个好人。说对妻子好，对儿女好，对身边人好的人，就一定是好人。我也想好了，这次回去，就不再回来了。我年岁也大了，一个人待在这里，也凄凉的。我就想问问你，你愿不愿意做这里的当家，如果你有兴趣，我就将这庵堂留给你，也算还了你一个人情。

我愣住了，我疑心自己听错了。慧明师父说的是将庵堂留给我吗？

你也不要嫌庙小，只要你肯用心，赚点钱补贴家用还是够的。

我赶紧摆手，我不是这个意思。

慧明看着我，说，做不做这个当家，你自己决定。眼下，我也管不了旁的了，我只想把这堂水陆做圆满，赚了路费，我也就回去了。

慧明说得对，不管如何，眼下都得先将这堂水陆操持好。

很快，我们两个便做了分工，慧明负责联系斋家和僧人，剩下的大大小小事项则全部由我来做。眼下，最显眼的事情便是来人的吃住。僧众斋家，来的人很多，不能怠慢他们。于是，我便跟慧明师父商量，人来的多少，只管打地铺，只是被褥不够。我算过了，如果邀请的僧人们都应约来，那就需要三十床左右的被子。一下子买这么多的被褥是一笔不小的开销，而且水陆结束后，这么多的被褥也没有用处，更没地方储存。不如跟来参加水陆的僧人们商议，如果僧人们能自带被褥，寺里每天补贴五元钱。这样，明面上是多出了钱，可总账却是划算的。慧明赞同我的这个方法。随后便是吃饭的问题，我问慧明平日里做佛事，吃饭怎么安排。慧明说，一般的佛事，村里的信徒会来帮忙，但这么大的场面还从来没经历过，到时能不能供应这么多人的饭菜，她心里真没底。我说，按寺里眼下的设施，这么多人来，饭菜肯定是供应不了的。我觉得与其自己做，还不如在外面订餐。慧明说，既然交给你了，一切就由你做主好了。于是，我便出去联系了一家素食馆，让他们定时给我们送盒饭，价格我跟他商量好，平均每人每餐控制在四元钱。虽然这样的价格，对于素食馆来说，可能连成本都不够。但谈了几次，他们还是接受了这笔生意，对他们来说，这也是结了善缘。

我做的这些事情，慧明都是看在眼里的，我能感觉出，她很赞赏我的这些做法。她明白我是在想方设法为她省钱。眼下，对她来说，钱是最重要不过的东西了。而我，也愿意用力帮她。我是存了私念的，我想尽可能给慧明留下好的印象，好事情总是来得太突然，都让我有些不敢相信。我甚至有些担心，有一天，慧明会改变主意。

据传，水陆是起源于梁武帝。一天夜里，梁武帝在睡梦中梦见了一位和尚，和尚告诉梁武帝，此时，六道里的众生正在受苦，作为一国之君，梁武帝应该做一场水陆去普济它们。醒来后，梁武帝有些恍惚，不清楚昨晚的那个梦到底是什么寓意。于是，他便找来一位高僧，一起在佛经中找寻答案。最后，他们找到了《阿难遇面然鬼王》这篇典故。典故说，一日，阿难遇见了一位瘦骨嶙峋的鬼王，这位叫面然的鬼王告诉阿难，用不了多久，阿难也会成为自己这样的恶鬼。阿难有些惊慌，问鬼王如何才能避免。鬼王便说，只要能及时布施阴间饿鬼，并供养佛、法、僧三宝，便能免去此灾祸。阿难便按照面然的吩咐去做，最后果真避过了这场灾祸。梁武帝看完《阿难遇面然鬼王》的典故，便也照着做了一场水陆，布施恶鬼，供养佛法僧三宝。也就是从那时开始，水陆成了佛教寺院里最隆重的佛事活动。

对于山前庵来说，水陆的确有些超出它的能力范围，但我还是努力让它有条不紊地运转了起来。结界洒净，发符悬幡，奉请上堂，奉供上堂，奉表告赦，召请下堂，受幽冥戒，奉供下堂，放生，一直到最后一日，当接引亡灵同归极乐的西方船在庄严的念诵中燃起，这场盛大的水陆法会终于圆满。

水陆总共进行了七天，刨去开支，整场水陆下来，还剩下了三万三千七百元。这个成绩让我很是得意。事实上，虽然我和慧明有分工，但具体事务基本都是我在操持。无论是安排僧人吃住，还是购买香花灯烛贡品这样的小事，我都安排得井井有条。我暗自想，如果我真能成为山前庵的当家，我一定会是一个非常好的当家。

我将所有的善款用红纸包裹起来，去楼上禅房找慧明。可慧明却不在房中，打她电话，也无人接听。奇怪了。我又下楼去寻，寻了一遍，最后在寺院的围墙外看见了慧明。慧明靠着围墙坐着，脸被太阳晒得通红。我慢慢地走到她前面，将钱递给她。我说，僧人们的费用我都结算过了，拢共还剩下三万三千七百

152

元。慧明将钱接过去，点了三千七百元，塞给我，说，这钱你拿着。我赶紧推辞不要，我怎么能拿这个钱？慧明说，拿着吧，你也要用钱的。我推辞不掉，便将钱收了。

慧明眼神空洞地越过路边的茅草，落在田野里齐整的稻茬上，我看见她通红的脸颊上有两道白色的盐霜。我想了想，安慰道，你也不要过于哀恸，他去了西方极乐，是欢喜的事情。

慧明歪了歪嘴角，呵，你相信有真正的极乐世界吗？

我愣了一愣，我相信的，极乐世界是最黑的，也是最亮的。那里没有人，又到处都是人。都是水，水底都是光。

慧明看了看我，笑笑，没再说话。

第二日，慧明就走了，她要带着她表哥的骨灰回家了。火车票是我提早帮她买好的。我骑着庵里的电瓶车，送她去火车站，又送着她去站台。当我站在站台上，看着火车呼啸着离去，我竟有些哀伤起来。我想我是再也见不到慧明了。我不知道，那个高大的僧人是不是真的是她的表哥，她对他的情感显然已经超出了表兄妹的范畴。他们为什么要离乡背井在这里驻守，到底发生了什么呢？很快，我便打消了自己的这种猜测。两个外乡人，离家来到这里，相互陪着到死，这是多么不容易的事情。

回到家时，秀珍正在做饭，我偷偷走过去，从身后用力地抱住了她，我将头凑在她的脖颈上，尽情地呼吸着她身上的味道。

秀珍用力地摆脱着身体，大白天的，孩子在呢。我不听，还是抱着她不放。

你今天这是怎么了，怎么感觉有些奇怪。

我笑笑，在她耳边轻声说，秀珍，我要告诉你一个好消息。

什么好消息？

我有自己的寺庙了。以后我就不用做空班了，我可以自己做当家了。

秀珍一愣，怎么回事啊，你怎么会突然有个寺庙？

我便将慧明的事原本地跟她说了，可秀珍似乎并没有我期盼得那么高兴。

那你现在是真正的和尚了吗？

我摇了摇头，真正的和尚是要受戒的，我没受过戒，不算。

那你是不是以后要一直住在那里。

不会，只是会在那里时间长一些。秀珍，你好像不为我高兴？

没有，秀珍伸手挽了一下几丝掉落的头发，只是有点突然。

19

　　我在家里只待了一晚，第二天，我便匆忙赶回了山前庵。我兴奋地绕着几间破旧的房子，转了一圈又一圈，怎么看也看不够。

　　不过，冷静下来，我却对慧明有了一些看法，这样一座古刹，即便没有精力建得宏伟，起码也要打扫得干净些。原先我还没怎么注意，现在一转，却发现里面到处都是垃圾。特别是靠南的那段围墙边，堆满了破瓶子，家具的烂零件，几乎都走不过去。我甚至怀疑，这几十年来，慧明根本就没有打扫过这里。

　　我不能学慧明，现在这里属于我了，我要将它打扫干净才行。

　　因为缺乏工具，我便翻出一个化肥袋，装满一袋，我便用电瓶车载到村口的垃圾场倒掉，然后又返回庵堂，再进行清理。就这样，我像蚂蚁搬家一样，几乎用了整整三天的时间，将庵堂各处的垃圾全部收拾干净。清扫完垃圾，庵堂的南墙边竟被收拾出了一块不大不小的泥地，我将泥土翻了，种上了菜。旁边就是厕所，我可以用粪坑里的存货当肥料。收拾完了，我发现东面的围墙还有个洞，我又寻了些砖块石头，将洞填补回去。这个多年未曾收拾的地方似乎有着干不完的活儿，而我身上也有着使不完的劲。我喜欢这种感觉，这感觉很充实，这地方属于我，所有的努力都是能看得见的。

尽管是冬日，因为干了太多活儿，我却觉得热，身上脱得只剩了一件棉毛衫。我坐在寺庙的台阶上，汗水不断地从我身体里冒出来。看着变得整洁的寺庙，我很是得意。我朝四下看看，没有人，便忍不住地点了根香烟。我抽了一口，突然冒出个想法，我一直都没有法号，干脆就自己给自己取一个好了。透过烟雾，打量着整洁的庵堂，我又想，既然这里被我打扫得这么干净，那我就取个跟干净有关的法号好了。光光的，净净的，要不就叫光净？但转念一下，光净两个字听上去还行，写出来好像有些怪怪的，不像个出家人的名字。要不就取个谐音，叫广净吧。不错，这个名字不错。

我有些得意，又抽了两口烟，心想，以后我待在这里了，这庵堂也不能再叫庵堂了，应该叫寺，山前寺。

正想着，眼前一晃，我看见有个老太太站在寺庙一侧的那个红石腰子门往里张望。我有些慌张，我刚才还在抽烟，可别被她给看见了。

我笑着向老太太招了招手，老人家，进来坐坐吧。

老太太走进来，从头到脚地看打量我，你就是那个新来的师父吧？

我说，是的。

她又探头探脑地向四处看了看，看见你一车一车地往村口运垃圾了。你这个师父倒是干净的，原先的慧明可没你这么爱干净。对了，师父叫什么法号啊？

我刚想说自己叫方泉，但转念又想起自己刚取的法号，便说，你就叫我广净好了。对了，老人家，你找我有什么事吗？

是这样，我那个儿子要结婚，却不跟我们做父母的商量，自己挑了个日子。现在的后生，一点规矩都不懂，这样大的事情就敢自己做主。我拿那日子去菩萨老爷面前问，扔了阴爻阳爻，抽了签，可我看不懂那签书，就拿来给师傅看看。

听了老太太的话，我头皮有些发麻。事实上，我并不会解签，虽然我见过师父们解签，但那根本不管用。这老太太是我在这里当家后来的第一个人，我不能露怯。我跟老太太说一声，便上楼拿来解签书，对着那竹签装模作样地看。

看了一会儿，老太太有些急了，也要探头看我的解签书，这书上查不出吗？

查得出的，你莫着急。我在心里盘算，算了，现在也没好办法，索性先毛扑一下再说。

老太太，这个签书上说，你儿子挑的这个日子冲二十四岁的蛇。你家里有二十四岁的蛇吗？老太太摇摇头。那二十五岁的龙呢？老太太又摇头。我心里有些犯咯噔，如果这样猜，十二生肖都要给我猜遍了。

我咬咬牙，决定跳一下，便又问，那你家里有三十岁的

157

猪吗?

这时,我看见老太太的眉目皱了一皱,我那儿子就是三十岁,属猪的。我长长地松出一口去,总算是蒙着了,再不对,我都不知道该怎么办了。

阿婆,我跟你说,以后这样的事,你不用自己到菩萨面前扔阴爻阳爻,就来找我好了。这是我们和尚的事情,我们帮你去菩萨那里问。我们问来的日子,即便是冲属相,也没有关系,因为是菩萨挑选的,可以百无禁忌。

老太太点了点头,师父说得对,菩萨最大,菩萨挑的日子,还有什么不是?

我见老太太表了态,赶紧将话接上去,要不,我现在帮你再挑一个?

老太太看了我一眼,说改日子的事还是得先跟家里人商量下再说。说完,她就迈着碎步离开了寺庙。我稍稍有些沮丧,这可是我做当家后,这里来的第一个人。不过,虽然没留下什么香火钱,但毕竟是个良好的开始。她知道我是新来的师父,村里其他人自然也会知道。说不准,慢慢都会陆陆续续找我。就这样,我便回到禅房,等着香客上门。

可让我失望的是,整个下午,就再也没有人来了。

半夜里,我突然醒来,醒来后,穿戴整齐,准备出门。打开门,一阵夜风扑面,突然明白我已经不用在半夜去送牛奶和报纸了。我有些恍惚,似乎心底里仍然不相信那样的日子已经永远地离去了。

我看了看手机，还不到四点。我重又躺回床上，靠着枕头点了根香烟。窗外有月光，从破旧的窗帘上漏进来，显得异常清冷。

这个房间就是原先慧明的房间，看着从嘴中不断喷出的白色烟雾，我忽然想以前慧明住在这里，那她的那个表哥会住在哪里？我在脑子迅速地翻腾，我整理寺庙的时候，没有发现还有别的房间。他们会一起睡在这张床上吗？我用力吸一口烟，又用力吐出去。我看着靠墙的那个条案，几天前，慧明表哥的骨灰盒就放在那里。想到此处，我忽然感到有些心虚，似乎慧明的表哥还在这个房间里，笑意吟吟地看着我。我将烟熄了，双手合十，念了几句阿弥陀佛。我不应该这样揣度慧明和她的表哥。

我起床，开灯。不睡了，我得出去走走。

寺后有一条山路，顺着这条山路，可以一直走到山顶。我穿过一段田埂，上了山路。夜晚的山上特别清冷，地上有一层薄薄的泛着光的霜，踩在上面，还会刷刷的响。虽然还有月光，但这月光却不清朗，空气微微亮，似乎里头躲藏着某种神秘的东西，混混沌沌的。鼻间有植物清洌的香味，时不时还有一些奇怪的声音传入耳中，像是鸟叫，又不像是鸟叫，辨不清明，却很清亮。再往前走一会儿，月光下，可以看见到处都是墓冢，这些墓冢已在此处堆砌多年，除了突兀地隆起，他们的外壳已经和周围的景致生在了一起。

我匆匆走了一阵，忽然觉着心里没底，便重又回到了寺里。我靠在枕头上，又点了根香烟。我忽然觉得有些孤独，我想秀珍和孩子们了。此刻，他们一定还在睡觉。大囡睡觉老实，躺下是什么姿势，一觉睡醒还是什么姿势。二囡睡觉则爱磨牙，呲呲的，像在咀嚼什么东西。方长呢，最不老实，整夜都会乱动，一早起来，床上就跟闹过天宫一样。

想起这些，我的心底有些悲凉。那都是我最亲的人，原本，我应该在他们身边。可现在，我却躲在这个阴冷寂静的寺庙里。时光倒退几年，我再怎么聪明，也一定想不到这样的境遇。就这样，我靠在床上胡思乱想一阵，又稍稍打了会儿盹。再清醒过来时，外面已经有了天光，耳边还不时能听见村里传出的公鸡和狗的叫声。

我起来，在房间里伸展一阵，下楼，煮了菜泡饭，独自吃了。吃完了，天也就完全亮开了。

今天，我要到村里去转转。我是一个新人，我不能这样等着他们来看我，我得主动跟他们多接触，多熟络。我换了件干净的僧衣出门。走到田间，有农人在田里劳作，我笑眯眯地上前问候，在种什么呢？他眯着眼睛看我，你是新来的师父吧。我点头说，是的。哦，师父好。说完，他又低头继续忙他的农活。我想再说些什么，但看他的架势，似乎并不喜欢我打扰他劳动，只能作罢。

我硬着头皮走进了村里，此刻，许多人家都已经开门了。有人在刷牙，有人在厨房烧火做饭。只要看见人，我便笑眯眯地主动上前打招呼。这个村的民风还是好的，看见我来，尽管不熟悉，但大多还是会客客气气地打招呼。当然，也有人看见我不理不睬的，像是我欠了他们债似的。我不能计较这些，对我来说，他们今后都是我的衣食父母。

就这样，我在村里转了一圈，虽然并未如我期望的和他们打成一片，但总算也是在村人面前亮了个相。起码，他们都知道山前寺里来了个新师父。

我回到寺里，期盼着有人来。可一个上午过去了，依旧没有人。这局面让我的心情变得很糟糕，我不知道问题出在哪里。中午躺了一会儿，觉得烦躁，索性回家。

晚上，躺在床上，秀珍问我，你那里怎么样，过得还习惯吗？

我说，挺好的，楼上楼下两层，还有菜地，旁边几亩地，种了蔬菜，想吃什么，就到地里去割。土质特别好，割了的菜茬，几日便又能窜出来。

秀珍说，你乱说，哪有这样的事。

我说，因为那里有高僧啊。

秀珍说，高僧，什么高僧？

我故意睁大眼睛，你不知道啊，那高僧就是我啊。

秀珍便拿眼睛白我。后来，秀珍睡着了，剩我一个人醒着。

我觉得奇怪，几天没睡，这床似乎有些陌生了，怎么睡都不是那么回事。要知道，以前，就算我出去很长时日，回来后，一躺在这床上就觉得心平气和。可现在，我却像个陌生人。

我偷偷地起床，躲到厕所里。我暗自发愁，怎么办呢？怎么一个人都不来，如果老是没有人来，接下去的日子可怎么过啊？我现在和以前不同了，以前不做空班，还有几份工作垫底，可现在，我和秀珍什么都没有了，就指着当和尚吃饭，难道是我选择错了？这一瞬间，我突然现在觉得还不如以前的生活。

我用力晃了晃脑袋，我可千万不能这么想，我不能走回头路。

20

　　我到阿宏叔寺里的时候，那里似乎正在举办一场什么大活动，寺院里到处都挂着彩色的旗子，僧人居士往来不断，就像开什么展销会一样热闹。

　　见了我，阿宏叔有些意外，他说自己这里这几天正办一场大法会，之前，他还想着打电话给我，这一忙竟然就给忘了。阿宏叔给我倒了杯茶，说，这下正好，你来了就留下吧，帮我做个乐众。我迟疑了一下，有些不好意思地说了自己做当家的事。

　　阿宏叔说，这可是好事。那个庵堂我是知道的，地方还不错。原先，我好些师兄弟都打过主意，要将那个庵堂拿过来，但那个尼姑不肯，没想到现在是你做了那里的当家。

　　其实就是个小庙，没什么花头的。

　　那地方还不错的，你不用担心，慢慢做着就会大起来的。

　　我笑笑，想了想，说，阿宏叔，其实我这次来，就是来跟你。话没说完，就有个人急匆匆从外面走进来，在阿宏叔耳边低声说着什么。阿宏叔冲我抱歉地笑笑，不好意思，法会上的事太多。说完，便转头跟那个人商量起来。我坐在一旁喝茶，等着阿宏叔把事情说完。好容易等那人走了，阿宏叔又问我，对了，刚才你说什么？我说，是这样，阿宏叔，我这次来是要跟你。这时，阿宏叔的电话突然又响了，他顾不上听我说话，看了看手机，冲我做了个手势，不好意思，方泉，我接个电话。随后，他便按了接听键，对着电话说了起来。

不知道是两次说话被打断，还是其他什么原因，坐在一旁，我忽然觉得有些尴尬。我喝了口茶，发现自己这次来得有些不合时宜，或者说，根本就不应该来。原本，我是想着跟阿宏叔讨教下如何经营自己的那个寺庙，可现在，我突然发现这样做毫无必要。这么大的法会，阿宏叔作为住持，自然有许多事要忙，不像我这样的小庙当家，闲得可以数腿毛。再说了，就算阿宏叔不忙，我这事跟他说，也没什么意义。要知道，他经营的是这么大一个寺庙，而我那里，说到底，不过是螺蛳壳里做道场。这就好比一个上市公司和一个村办企业，我们之间有天壤之别，哪里可能有什么借鉴的经验？

我坐在那里喝了会儿茶，失了兴致，便没再提寺庙经营的事。阿宏叔也忙着法会的事，不时有人进进出出，也顾不上我。再坐一会儿，我就跟阿宏叔说自己想在寺里转转，阿宏叔似乎这才注意到禅房里还有个我，他连连抱歉，方泉啊，不好意思，法会的事情实在太多，没照顾你，别在意啊。我赶紧摆手，说，没事没事。

就这样，我出了禅房，四处走了走。

寺庙里到处都是来往的僧人和信男善女，一个法会就能来这么多人，可见平日里的香火有多旺盛。我想，当年阿宏叔离开村里时，也不过孤零零的一个，可现在，他却做出了这么大的一个气象，换作我，不知做几辈子才能达到。

我想，兴许这也是命中注定的，就像我去城里，别人可能都赚了钱，买了房，过上了人上的日子。可我呢，却积不起半点财。看着阿宏叔金碧辉煌的寺庙，又想想自己的那个山前庵，我忽然有些形秽起来。再转了转，便出了后门，准备独自下山回家。

绕过围墙，没几步，便看见转弯处有一棵壮硕的野橙树，一个穿着宽大藏青色麻料衣服的女人拉着野橙树的一根树枝，一脚蹬着树干，一脚则踩在边旁一块半人高的大石头上。她试图摘树上的野橙子，可伸手试探几次，都没有成功。

哎，能不能过来帮个忙。

我一愣，发现女人是在叫我。

你能不能帮我摘下橙子，我够不着。

我应了，说，那你下来吧，我帮你摘。

女人低头朝地上看了一眼，似乎觉得太高，不敢下来，你过来扶我一下吧。

我犹豫了一下，便走了过去。女人将手搭我的肩膀上，用力蹬了一下腿，借着我的肩膀，跳了下来。我忽然觉得脸皮有些发烫，要知道，我可从来没跟秀珍以外的女人这么接触过。

我踩上石头帮女人扯了两个野橙子下来。我将橙子放在手

165

中，觉得特别难看，疙疙瘩瘩的。我说，你摘这橙子做什么，又吃不来的，酸掉牙。

女人说，不是吃，是用来泡茶的。

泡茶？我有些诧异。

是啊，将皮切下一片，再切成丝，扔一些在绿茶里，香得不得了。你闻闻，香不香？说着，她就将橙子递到了我鼻前，我对女人的亲昵举动有些不适应，还没闻到，便将头躲开了，香的。

女人将橙子又放到自己鼻子下闻了闻，又看我，你不是这里的常驻吧，我怎么没见过你？

不是，我是阿宏叔的侄子。

阿宏叔？哦，你说的是守元师父吧？

我点头，女人便朝我上下打量几眼。她从裤袋里掏出一个绿色的纸盒子，用手弹出一根细长的香烟，你抽吗？我愣了一下，点了点头，她便又拔一根给我。我接了过来。我们两个便站在一起抽烟。

你是来这里做空班的吗？

我摇了摇头，不是，就是顺道来看看，好些日子没来了。

哦，我还以为你也做这一行。

也算是吧，我自己有个小庙。话一出口，我觉得自己多嘴，又补了一句，很小的庙，破破烂烂，跟这里没法比。

女人笑笑，说，你还挺谦虚。

没有谦虚，是真的小。

你的庙在哪里啊?

山前庵,就是山前村那里。

女人哦了一声,那里我知道的,我记得原先是个尼姑,我还在那里吃过素斋呢。我挺喜欢那个地方的,风景特别好。

我笑笑,没说话,心里想,风景好有什么用,风景又不能当饭吃。

抽完烟,我说,我要走了,阿宏叔忙,我寺里也没个人,我得回去照看着。

女人便要将摘下的橙子分一个给我,我不肯要。女人说,那好吧,算我欠你个橙子的人情。

我笑着说,这算什么人情。

女人让我给她留个号码,说什么时候去我寺里看看,于是,我们就相互留了号码。她说她叫周郁,问我叫什么,我想说我叫方泉,可话到嘴边,我又咽了回去。

我说,我叫广净。

回到山前寺,又待了几日,还是没人来。我想着,反正也没什么事,还是回家待几天吧。说实话,这段时间老不在家里,我觉得几个孩子都跟我有些生疏了,特别是大囡,原本数她跟我最亲,可最近回去,却觉得没以前见我时的那种亲热劲了,就像跟我隔了层什么东西似的。我想,我得多陪陪她们,再大了,想法多了,就更生疏了。

正收拾衣物，手机响了，我接了，竟是阿宏叔寺里遇见的那个周郁。周郁说自己刚好经过山前村，问我在不在寺里，如果在，她就过来看看。我看了看刚收拾好的衣物，犹豫了一下，说在的。

　　过了大概十五分钟，我看见一辆红色的宝马从寺前的那条路上开过来了。下了车，果然是周郁。她和上次看到的有些不一样，那一次，她穿得素，今天却穿了一件橘黄色的皮衣，还戴着一副墨镜，显得很洋气。

　　我将她迎进寺里，我这里的条件你也看得见，我也就不请你到禅房坐了。

　　周郁笑笑，就在桂花树下坐会儿吧，我也有事，待不了太久。

　　我便从厨房搬了两条板凳出来。周郁拔烟，递给我，我摆了摆手，说，被别人看见不好。周郁便自己抽。

　　周郁说，守元师父说过了，说你《楞严咒》念得特别好。

　　我摆摆手，没有没有，一般的。

　　你不用谦虚，守元师父说你好，那你肯定好，他可不是肯服输的人。我跟你说，做这一行，不能太谦虚，谦虚了，是不会有香客相信你的。

　　我就笑。

　　周郁说，我记得你这里原先是个尼姑当家的。

　　是的，她回家了，就把这寺给了我。

哦，挺好的，一个和尚能做到当家，也是大修为。

呵，那也要看什么当家，像我这里，小村小庙的，也没什么香火，一个空头当家，哪有什么花头？

你说得不对，这世上没有小庙，只有小和尚。对了，你知不知道守元师父原先的寺庙是什么样的？

我摇了摇头。

你要是见过他以前的寺庙，你就不会觉得自己的庙小了。当初守元师父刚到那个地方时，不过就是几间破石头房，可你看现在，成了多大的规模？

那是阿宏叔的能力强，我不能比的。

能力强是能力强，也要讲机缘。当年，守元师父寻到那个地方，香火也不知道断了多久，两间石头屋破烂不堪，一阵风就能刮倒。可是，他就愣在那个破石头屋里待了一年。一年后，来了几个上海人。这几个上海人原先下放时，一直住在那石头屋里，这次是专程来怀旧的。守元师父就一直陪着他们待了三天。也不知道他用了什么办法，那几个知青回去后，就跟其他一些朋友筹了款，建了这个寺庙。就这样，寺庙才一天天成了现在的气候。

听了周郁的描述，我没受鼓舞，反倒更加沮丧了。我苦笑着说，你看阿宏叔，不但能力强，运气又这么好，怎么是我能比得了的？

我觉得你有些悲观。怎么说呢，寺庙有没有香火，关键是要看当家的怎么经营。像你这样，刚做当家，起码别人还不熟悉你。你呢，不能总是坐等着人来，得想办法主动出击。现在不像以前，以前寺庙有寺产，可以指着这寺产过日子，现在都得靠当家的自己去经营。周郁想了想，我问你，你知不知道这长年累月的，寺庙里靠什么吃饭？

我摇了摇头。

靠做佛事呀。比方说浴佛节啊，观音大士圣诞啊，佛欢喜日啊，只要逢上这样的日子，一般寺庙里都会做佛事。为什么做佛事？因为只有做佛事寺庙才有人气，有人气香火才能旺。说穿了，这经营寺庙跟经营企业是一个道理，企业的产品要卖出去，要先做广告。寺庙也一样，就算不挣钱，你也要将佛事做起来，只有铺垫下去，将知名度打起来，才会有人来布施。你想想，如果一点活动没有，死气沉沉一个庙，谁肯心甘情愿将钱给你？都说香客是衣食父母，可人家毕竟不是亲生父母，没道理平白无故给你钱的。

我叹了口气，我这里庙小，旁边的村子也小，我总担心就算办了佛事，也成不了什么气候。

你不要总顾忌什么大小的事情。庙小了，以后你有了钱可以将它建大。村子小，你以后可以想办法去把别处的人吸引过来，但不管怎样，前提是要经营。对了，今天是什么日子？

我想了想，二月初四。

你看，这不马上就到二月十九了吗，二月十九是观音的圣诞日，你这里又是观音道场，不正好可以借这个机会做一场大佛事吗？

我说，其实我也想过这事，可最近一直没香火，我也不敢做。

这有什么敢不敢的？这样好了，你尽管放心去做，把规模做得大一些，到时我给你领人来。

我一愣，不知道她说的是真是假。

周郁猜出了我的心思，说，放心吧，守元师父那里，很多香客都是我带去的。

我赶紧连声感谢。

周郁说了一阵，又抽了根烟，便说要走了。我留她吃了午饭再走，她说不吃了，她还要赶着去会堂。我听不懂会堂是什么意思，也没问。周郁起身，走进大殿，拜了拜菩萨，在功德箱里扔了五百元钱。看她放了这么多钱，我有些不好意思，连声道谢。周郁却说，你谢我干吗，又不是给你的。说完，她又呸呸吐了几口，该死该死，不能在菩萨面前乱说话。

出了大殿，周郁说，佛事的事就这样定了，你尽管做，到时我带人来。

我答应了，送她出寺。她戴上墨镜，上了车。刚要走，她又将车窗摇了下来。

对了，这个事你不要跟守元师父说。

我一愣，不知道这事为什么还要瞒着阿宏叔。不过我没问，嘴里应了，摇摇手，目送着车子离开。

回到寺里，我觉得很是兴奋，这可真是天上掉下来的好事，正为这事发愁，没想到就出现个周郁来帮我的忙。这可真是菩萨显了灵。想到此处，我便走进大殿，在观音大士前上了香，又虔诚地叩拜一番。

我回到房间，仔细盘算了一下。这要做佛事，村里人不知道不行，即便他们不来，也不能背着他们。周郁说了，让我做堂大佛事，那我就索性做个七天。

我找出张粗纸，写了佛讯：农历二十九为观音菩萨圣诞日，为祝圣，本寺届时将举行为期七天的佛事活动，欢迎众弟子及善信随喜参与并相互转告，共沾法喜。

写好佛讯，我便带着糨糊出了门，到了山前村村前，将佛讯张贴在村口那棵大樟树上。

回到寺里，躺在房间里，没高兴一会儿，我突然又心虚了起来。我觉得自己好像有些草率了。这一堂佛事可不是小事。我得准备各种花销，要买各种佛事用品，还要请空班乐众，那么多钱，我都得垫下去，如果周郁说的事情不靠谱，那我这个水漂可就打大了。哎呀，我怎么能凭一个一面之缘的女人的几句话就将佛讯贴出去，万一她只是跟我说笑怎么办？

我觉得心里不落听，但不落听有什么用，白纸黑字贴出去了。唉，这事闹的。

21

午休时，有人敲门。这可真是新鲜事，会有谁来我这里？

我起床，整理了下僧衣，开了门。门口站着一位老太太，我记得她，她姓周，就是上次来让我帮她看签书的那位。

周老太太进了房间，不说话，倒先四处打量一阵。我被她弄得心里有些发毛，不清楚她到底来做什么。

您请坐。

周老太太又四处看看，在房间里唯一的一条破禅凳上坐下。

你在村口贴了佛讯，寺里要做佛事？

我点了点头，是。

老太太说，这寺里不是刚做了一堂大水陆，怎么又要做佛事？

老太太的口吻听上去怪怪的，就像上级质问下级。我有些不悦，但我还是规规矩矩地答道，十九是菩萨的圣诞日，佛事总是要做的。

是不是那个慧明把做水陆的钱都拿光了啊？

我又一愣，老太太这是什么意思？

我问你，你跟慧明是什么关系啊？

我稍稍辨了辨，听出老太太话里的意思好像并非针对我，而是冲着慧明。我多了个心眼，留了半句话，其实我跟慧明认识也不是太久，要说什么关系，倒还真没有。

如果没什么关系，那她为什么要把山前庵给你？

是这样，慧明师父要回老家，这么大年纪了，她也不想回来了。所以这个寺就算不给我，也要给别人的。

老太太似乎不大相信我的话，盯了我一阵，把我看得都有些发毛。

过了一会儿，周老太太的眉目突然又柔顺了下来。

其实我也看出来了，你们应该是没什么关系，否则你也不会这么急着做佛事。我想慧明一定是没把水陆的钱分给你。哼，这个慧明，我早就看不惯了。一个出家女人，身边还带个什么表哥，鬼知道他们是不是真的表兄妹。她那个表哥，好几次在厨房里烧肉，那味道，我们在村子里就闻得见。我们都不喜欢他。当然，现在他人死了，死人为大，我也不好多说他。阿弥陀佛。

老太太说话的时候，我就呵呵笑着，一语不发。老太太说了一会儿慧明的事，又将话题转到了我身上。

说起来，你这个师父看上去倒还是好的，干干净净，面道也忠厚。不像那个慧明，做了那么大的一堂水陆，却拿着钱走了，真是让人寒心。外地人，真心是靠不住的。

我看老太太对我印象不错，便套起了近乎，对了，周阿姨，我怎么觉得大家好像都不信任我呢？

哼，为什么不相信你？怕你和慧明一样呢。

和慧明一样？什么意思，我听不懂。

他们不知道你的来路，担心你是慧明的什么人，说不定什么时候，拿了钱，也会走掉。

听到这里，我终于明白了村里人不喜欢慧明的真正缘由。我赶紧跟周老太太表明了自己的身份，周阿姨，我是本地人，塘厂的，你去过塘厂吗？

老太太摇了摇头，我没去过，但我知道那里很多棉田。年轻时，我们这里很多年轻人去那里种棉花。

我说，对的对的。你看，我算是正宗的本地人了吧？本地人我还能走到哪里去？跑得了和尚，跑不了庙，你说是不是？

你说的道理也是对的，本地人总归还是本分一些。

周阿姨，我不知道我说的对不对，我第一眼看到你，就觉得你不是一般人，在村里，肯定是有地位的。你看，你能不能帮帮忙，替我跟村里人解释解释，宣传宣传。

听了我的吹捧，老太太显得很是受用，你后生眼睛还是有的，以前村里的佛节，都是我帮着慧明拉来的。说起来，慧明这个人真是没良心，庵里香火好了，对我就开始不冷不淡的。我大度，心想都是给菩萨添香火，也没怎么计较。没想到她临了，居然卷了钱跑了。你说说这像什么话，还是个出家人，也不怕菩萨不高兴。

我干咳了几声，兴许她也有自己的难处。

老太太见我替慧明说话，有些不高兴，再坐一会儿，便要走了。我赶紧拿了几盒秀珍给我买的糕点递给她，周阿姨，你拿着，这个红枣糕不费牙齿，老年人吃这个是最好的了。

老太太看了眼糕点，嘴里念叨着怎么好拿师父的东西，手上却已经接了过去。周老太太满意地踩着碎步离开，我看着她，长长地松出一口气去。

不知道是不是那几盒糕点的缘故，到了下午，周老太太竟带了许多村里的老人来我寺里念经。她们围着我，师父长师父短的，全然没有之前的冷落。

周老太太显得有些得意，低声跟我说道，广净师父，你放心，我跟这些姊妹们都说好了，你做佛事，到时我们都会来帮忙的。我跟你说，也就是你，换了那个慧明，我是不会帮她的。哼，我帮她拉了那么多佛节，几时送过我糕点？

我笑着说，周阿姨，这个事情真是太谢谢你了。

就这样，一群老太太坐在我这里，一边念经，一边说着闲话。临走时，又都掏出钱来，写了忏，买了香烛，请我烧给菩萨。

走到门口，周老太太又殷勤地说，广净师父，你就放心好了，到了正日子，我们都会来帮忙的。

我赶紧再次道谢，恭恭敬敬地送她们出了寺院的大门。

佛事定了，各项准备工作便都要操办起来了。鲜花供果，香

176

烛经忏，各种佛事需要的东西，都一样样买齐。空班乐众，需要一个个打电话过去联系。说起来，也是多亏了慧明师父的那一场水陆，让我攒了许多经验，所有的安排才能有条不紊地进行。

可我最担心的还是周郁，她给我添了把火，让我把佛事做起来，结果，她却再没有音讯了。如果她真要来，需要有一个清晰的说法，比如要来多少人，过不过夜，都要提前让我知道才好安排。其间，我也给她发过一个信息，询问这些事项，周郁回给我一个信息，只让我将佛事准备好就行，到时她自然会带人来。说实话，我和周郁之间并无交往，我也不好问得太紧，只能束手等着。

坦白讲，不管周郁来不来，这场佛事我已经做好了最坏的打算，只是最后亏多少钱的问题。一场佛事，最大头的便是人工，人工是给和尚道士的。这是我做当家后的第一场佛事，虽不能铺张，但既然做了，也不能小气，和尚道士少过十人是不行的。人少了，站在殿里，稀稀拉拉不好看。眼下的行情，佛事的人工是六十元一天，十个人，就六百元一天的开销。七天佛事，拢共要四千二百元。此外，各种采购的花费，杂七杂八，两千元是打不住的。最后，还要算上帮忙的那些人。周老太太说，佛事时，村里的人都会来帮忙，不需要工钱。这我相信，一般人都会愿意到庵堂寺院里来帮忙，他们觉得这是行善积德的事。可是，就算帮忙，也不能一分钱不花。男的，一天一包二十元的利群香烟是要的，女的不抽烟，总也要备些毛巾沐浴露之类的随手礼。这样盘算下来，一堂佛事，各种花销，七千元是铁定逃不掉的。

这样一笔账，指着村里这些人的香火，肯定不够。山前村太小，几十户人家，本就没有多少油水，加上慧明走时又做了那么一堂大水陆，将众人的口袋都掏空了，哪还有什么香火钱可剩？现在的指望，大半是落在周郁身上，如果她能从外面顺利带来香客，亏空就会少很多。说实话，我也没想着赚钱，但亏太多了，我也承受不住。不说别的，就说秀珍，我一个人跑到这山坳里来当和尚，秀珍本就不高兴，如果到时还要自己贴钱，我怎么向她和孩子交代？

这天晚上，迷迷糊糊地睡了一阵，不知怎么的，就突然醒了过来。醒了，就再也睡不回去。我坐在床上，借着月光看见条案上堆满的那些香烛经忏，一阵烦心。我点了根香烟。抽了几口，觉得一股焦油味封喉。心情不好，连烟抽着也不对味。坐了一会儿，愈发难受，便穿了衣服，起身走到屋外。站在走廊上，用力呼吸了几口新鲜清冽的空气，身体似乎舒服了许多。我回过了神，将手扶在冰冷的水泥栏杆上，向远处看着，看着看着，不知怎么，心里突然生出了一股巨大的悲凉，这悲凉来得汹涌而深切，几乎将我推倒在地。

我觉得难受，下了楼，往大殿里走。

此刻，大殿里也是一片昏暗，只有顶上悬吊的油灯在昏暗中影影绰绰地摇晃。我站在大殿中央，迎着几乎看不清面目的观音大士，双手合十，沉沉地跪倒在蒲团之上。我将身体弯曲起来，额头贴着地面，在那一刻，我心底毫无祈求，似乎只是渴望能在菩萨面前将自己完全地交付出去。

我就这样长久地跪着，我身体里的血便一个劲的往头上涌，这让我觉得眩晕、痛苦。但我却不愿意起来，我说不清楚自己为什么这样做，似乎这身体上的眩晕和痛苦越清晰，我的心里反而能越好受一些。

就这样，正日子终于来了，周郁依旧还是没有一点消息。现在，我已经不再指望了。说实话，我不怪周郁，她并不欠我什么。

前三天的佛事由我住持，一切还算顺利，无论是拜佛诵经，还是吃饭住宿，都没出什么特别的状况。这一直都是我担心的，要知道，来参加佛事的那些人都是业余的和尚，平素里，他们在各家寺庙走穴，不像那些大寺庙里的常驻，可以管教约束。我不能过于严苛，严苛了，他们就不高兴，会撂挑子走人。但我也不能过于宽容，宽容了，他们就会得寸进尺，抽烟喧哗赌博，不得安生。要知道，村里的那些老太太对这个寺庙比我还熟悉，四处走动，要是被她们看见这些，我在山前寺的好日子也就到头了。

佛事的第四日，我竟发了高烧。躺在床上，虚弱无比。我知道，接下去的佛事，我是坚持不了了。没办法，我只能将它托付给一位师兄，自己躺在房间里休息。

临中午的时候，有人来敲门。我挣扎着起身将门打开，是周老太太。

周老太太问我为什么不去吃午饭？我说自己发烧了，身体不舒服，没胃口。周老太太便一脸关切，说，哦哟，这可不行，你要去医院看看，你看你的脸色，难看得很。我勉强笑笑，说，没事的，一会儿就好了。周老太太依然不放心，下楼去给我煮了一碗红糖姜茶，还顺手拿了两个米馒头。她再三叮嘱，说自己就在楼下，有什么事一定要叫她。

说实话，这个周老太太还真是热心肠。就在昨天晚上，她还拿了一千元钱过来，说这是她从村里募来的香火钱。这一千元钱，都是些零碎的票子。想起来，也是不易，村里的这些老人，本就没什么钱。前阵子，又做了那么一堂大水陆，现在，又让她们掏出钱来，周老太太肯定是花了大心思。我拿了钱，对周老太太千恩万谢，还送了她一箱水果。她推辞了几下，还一再声明，自己做这些可不是为了这些东西。我说，我知道的。

我喝了姜茶，又吃了米馒头，出了汗，觉得舒服许多。我躺在床上，将枕头下的一千元散票拿出来，在手里晃了晃，这么一堂佛事，这点钱又怎么够？

正在这时，忽然外面乱哄哄一阵，像是发生了什么事。我一惊，莫不是那些请来的僧人出了什么事？我赶紧下床，跑到走廊上去看。此时，院子里居然站了一大群陌生人，不知从哪里来的，叽叽喳喳地说话。在寺庙的围墙外，还停着一辆白色的旅游大巴。

怎么回事？我有些紧张，正了正衣襟，往楼下走去。走近了人群，刚想开口，却看见了一张熟悉的脸孔，正是周郁，我一阵惊喜。周郁也看见了我，便向众人介绍，这位便是我向大家介绍过的广净师父。

一群老太太扭头看我，有人还合十弯身向我拜着，我赶紧还礼。

正这时，有人嘟囔，说这个寺庙这么破旧，我们还大老远跑来做什么？周郁便扭头跟那个嘟囔的人说话，陈家阿姨，你不要有分别心，房子好有什么用，关键是师父有修为。那个陈家阿姨听了，依旧不信服，狐疑地打量我，弄得我心虚无比。

周郁说，广净师父，你先带着我们参观一下寺庙吧。

我头一阵大，我这么个小寺庙，破破烂烂几眼就看光了，有什么好参观的？可我又不能驳周郁的话，只能忐忑地领路。走在人前，我忽然觉得有些形秽，就像一个身体残疾的人，要在人群前一件件地剥落自己的衣服一般。

周郁似乎看出了我的心思，依旧底气十足地帮我宣传着，你们不要觉得这个庙破旧，多少人想结缘，让广净师父翻修庙宇，他都不肯。广净师父是普陀山佛学院毕业的正经师父，一心向着佛的。你们觉得那些大寺庙就好啊？房子建得金碧辉煌，和尚却是冒牌的，那也能叫寺庙吗？

老太太们听了，对我的印象似乎改观了，一阵啧啧称是。而我站在人群里，心底却更加发虚。我哪里上过什么普陀山佛学院？说人家是冒牌和尚，我才是真正的冒牌和尚。唉，这个周郁，怎么好这样说的，要是被别人看出破绽，可怎么收场？我觉得心跳加速，头皮一阵阵地冒汗。

周敏却像是丝毫理会不到我的尴尬，继续说道，出家人比的不是排场，出家人讲的是修行，僧人又不是建筑商、装修队，房子建那么漂亮做什么？你们看看广净师父的寺庙，虽然简陋，却很洁净。这才是真正出家人的样子。有个事情，本来我不应该说的，但现在广净师父在，我说了也无妨。你们别看师父住的这么寒酸，可师父家里却是做大企业的，他家的钱比银行里的钱还要多。可师父看不上，他天生就有慈悲心，愿意到这样清苦的寺庙里来修行。

我又听了一阵，最后，实在听不下去，便趁众人不注意，溜回自己的房间去了。我躺在床上，觉得满心不舒服。这个周郁怎么是这样一个人，嘴巴像安了弹簧，什么都敢说。感觉她不像什么居士，倒像是个做传销的。虽然我知道，有时候要想别人结缘，得装些样子，但也用不着这样吧？我有些烦躁，下意识地拔出根香烟，刚想点着，又怕有人来，只得又装回烟盒子里去。

过了一阵，果然有人敲门。我以为是周老太太，不想站在门口的却是周郁和另一个老太太。周郁向我介绍，这个是陈家阿姨。我想起来了，这个陈家阿姨就是刚才发牢骚那个。我赶紧对她作揖，迎了进来。

陈家阿姨朝房间里四处打量，嘴里发出唏嘘的声音，广净师父可真是清苦的。周郁说，陈家阿姨，我没有骗你吧，这是有真修为的师父。陈家阿姨便频频点头。

我见周郁又在胡说，心里一阵紧张，赶紧将话岔开来。

陈家阿姨找我有什么事？

是这样，我是想来问问我儿子的事。我儿子开了家模具厂，往年生意都好，可今年不知怎么回事，一点生意都没有。他压力大，说再这样下去，要换行当了。可我想，这行当可不能乱换，万一换错了可怎么办？所以，我想让师父替我问问菩萨。我儿子这模具行业是不是还能做，如果能做，几时能好起来？

听了陈家阿姨的事，我心里有些发虚，我哪里懂什么模具的事啊？我偷偷看周郁，希望她能帮我解围，可她却在低头看手机，丝毫没理会我。

我只能硬着头皮说，既然你儿子一直做的是模具行业，换了别的行当，也未必能做成，这做生还不如做熟，换了不一定合适。

陈家阿姨连连点头，我也是这么想，可生意那么差，养着那么多工人，也是心慌慌的。

这时，周郁突然将话接了过去，陈家阿姨，生意好坏倒是正常的，就怕问题不是出在生意上，而是生意外。特别像你们家，都是信佛的，如果有人平素里做了什么不敬神佛的事，扰了菩萨的清静，可能也会影响到生意的。广净师父，你说是不是这样？

我看了看周郁，勉强点了点头。

陈家阿姨心慌了,那可怎么办啊?

周郁说,你可以让你儿子在广净师父的寺里打一场水陆啊,这样一定能化解的。

哦,师父,那一场水陆大致要多少钱啊?

周郁说,广净师父这里的水陆比别家花钱要少许多,大概十万元就够了。

周郁开口了,没办法,我只能又点了点头。说实话,我心虚极了,这一开口就是要十万,我真觉得自己像个空手套白狼的骗子。

听了价格,老太太显得有些犯难,要十万元,不知道我儿子是不是情愿。

我一听,赶紧接话,没事的,老太太,你可以先上个忏,捐些香火钱出来,先结个佛缘。等到你儿子模具生意好起来,你再回来做水陆答谢菩萨,也是一样的。

陈家阿姨说,这倒是个好办法。师父放心,如果我儿子生意能好起来。我一定会回来做场水陆。她从包里掏出皮夹,取了两千元给我,说,我就先上两千元的忏吧。

我接了钱,扭头看周郁,她似乎不大高兴。我明白她的意思,可那十万元,我实在是不敢要。

我送周郁和陈家阿姨到了门口,临走时,陈家阿姨突然又问我,对了师父,听说你小时候,生下来一直哭,直到后来来了一个和尚,摸着你的头,念了一段《楞严咒》,你才不哭。是不是有这么回事啊？

我愣住了，看见周郁抿着嘴似乎在笑。我尴尬地撇了撇嘴，没应声。

陈家阿姨说，师父天生有这样的佛缘，真是难得啊。

我站在楼梯口，目送着她们下了楼梯。我觉得有些奇怪，似乎陈家阿姨说的这个故事很是熟悉，可一时我又想不起来是在哪里听到过。我回房，将陈家阿姨的钱和周老太太的钱放在一起。就在这时，我的脑中一闪，呀，陈家阿姨说的，不就是活佛济公的故事吗？以前电视里天天放的。

我有些哭笑不得，这个周郁，干脆把我说成活佛得了。

到了第二日，周郁又带了另一批香客来。这些人都不住宿，只是中午吃一顿素斋。这倒省下我许多事情。我都奇怪，周郁怎么这么神通，哪里寻来这么多客人？这些人衣着光鲜，出手大方，不但在功德箱里捐钱、上忏，甚至，还花钱点灯。点灯和添丁同音，意为家里人丁兴旺。这是周郁的主意，当时，我想阻止周郁这样做，我觉得这样不是很妥当，点灯是太平焰口才做的。可周郁却劝我，说没关系的，只是讨个口彩，不要过于循规蹈矩。

周郁带着香客来的第二天晚上，发生了一件让人意外的事。周老太太居然又拿着两千元钱来找我。周老太太说，这都是村里的老太太拿来结缘的。我说，不是已经拿来一千了吗？周老太太说，那不一样的。随后，她便向我打听外面的客人是哪里来的，捐了多少香火？我留了个心眼，含糊地说，总共两千多些。

听到此处，周老太太紧张的神情才放松下来，露出不屑的神情，才这么点钱，听说还有上海人呢。大城市来的人，也这样小气。

22

　　佛事完了，寺里空了下来，我也便回家待了几天。这些日子，也真是把我折腾得够呛。

　　我回了家，感觉不出孩子们有多高兴，也感觉不出不高兴，对于他们来说，我似乎已经不是什么特别重要的人了。不过，我现在也接受了这一点，一个不容易见到的父亲，很难奢望孩子会跟他有多亲。

　　到家的第三天，周郁给我打来了电话。约我出去喝茶。我明白，她可能是要跟我结算佛事收入的事。这是行规，就好比企业的业务员，生意成了，自然是要提成的。说实话，这钱我给得心甘情愿。这场佛事大大超出了我的预期，最后一算，吓了我一跳，竟有一万八千元的善款。刨去人工和各项花费，剩下差不多一万元。其实，一开始，我对周郁有些看法，她没跟我商量，就擅自编造了我的故事，甚至还将济公活佛的事情套在我身上。我都不敢想，她还对那些老太太们说了什么，我觉得难堪。但最后，我理解了她，如果不是她这样做，我这样一座小寺庙，哪里结得来这么多善缘？本来我想着私下跟她道个谢，然后给她封个红包。但她带了人来，放了钱就走，似乎是怕我留她一样。现在她打来电话，正好将钱分给她。

我跟秀珍交代一下，便匆忙地出了门。

到茶馆时，周郁已经在了。她穿着一身清淡的亚麻装束，坐在中式装修的茶馆里，倒有些不食人间烟火的意味。我是从未去过茶馆的，一进这样高级的场所，自然有些怯场。周郁似乎看出了我的拘束，便主动地跟我推荐各种茶。我看着茶单，突然里头跳出一个名字。我便说，那我来杯铁观音吧。

坐下后，周郁丝毫不提那堂佛事的事，反倒跟我说了些闲话。周郁说，自己以前有个上海的朋友，一直信佛。有一年，和丈夫离了婚，又生了病，便没有心思在城里住，跟她商量，想找一个寺庙清静一段时间。最后，她四处托人，介绍到了阿宏叔那里。朋友住了一段时日，对那里很满意。后来，每次来，都让她陪着去。就这样，一来二往，她跟阿宏叔熟识了。

守元师父的嗓子很是漂亮，我那个朋友还专门录了他的声音，开车的时候听一听，说有时真会觉得那就是佛音。

我假装认真地听着，心里却想着怎样将佛事的钱给她。趁着她喝茶的当口，我便将话题岔开，这次的佛事可真是要谢谢你了。

周郁笑笑，没什么，小事情。

我便从口袋里取出早已经准备好的五千元钱，推在她面前。我有些局促地说，我也不知道规矩，多了少了的，你可不要见怪。

周郁看着我手里的钱，愣了一下，突然就笑了起来。

你不会认为我今天找你是为了这个事情吧？

我赶紧摆手，不是不是。

周郁看了看我，行了，把钱收回去吧，我说过了，小事一件。再说又不是我出的钱。

我说，这不是钱的事，你帮了我这么大的忙，你不收，我良心不安的。

周郁想了想，将钱拿起来，点了五张，然后把剩下的递还给我。

这样吧，我拿这五张，当茶钿，算你请我喝的茶，这样可以了吧？

周郁这么说，我也不好再坚持什么，只能将钱收起来。

随后，周郁又跟我闲聊，问我几时做的这一行，有没有成家之类的。周郁对我这么诚恳，我自然也不好隐瞒她，便如实说了自己的事。我说了自己和妻子来城里寻生活，说了阿宏叔介绍我做这一行，还说了自己的三个孩子的事情。没想到，等我说完，周郁的眼圈居然红了，用餐巾纸小心翼翼地擦着眼眶。

回家的路上，我突然想起了一件事，上次周郁跟我说，让我不要跟阿宏叔提她帮我拉佛节的事，这是为什么，难道她怕阿宏叔？

回了家，秀珍正在拖地，见我回来了，便随口问道，怎么去了这么久？

189

哦，一个朋友约我去茶馆谈了点事情。

秀珍应了一声，便不再说话，继续拖地。让我觉得奇怪的是，此时，看着秀珍，我心里却莫名其妙的一阵发虚，随后，我便脱口而出。

是以前送牛奶的一个朋友。

秀珍听了我的话，抬头奇怪地看着我。我马上意识到自己做了一件傻事，我在心里暗骂自己，干吗要这样此地无银三百两。不就是喝了个茶吗，又没做什么见不得人的事，这么心虚做什么？

在家待了五天，我便回了山前寺。

事实上，从回到家的那一刻开始，我便开始想念山前寺，我想念寺庙里的檀香味，想念佛事时的那些热闹。总之，如今的山前寺，就如同一个我热恋的姑娘一般。在滑过这个念头的时候，我有些心慌。一直以来，我都觉着住在家里才是最好最合适的，有个好老婆，几个好孩子，我什么都不用想，只要努力赚钱，让他们过好。可现在，这样的生活，似乎已经满足不了我了。

我不知道秀珍会不会察觉到我的这些想法。听说我要回寺庙，她便给我准备换洗的衣服，还准备了一些吃食。我让她不要拿这些，寺里什么都有，这些东西留给孩子们吃。可她似乎听不见，只是给我装。

二囡和方长听说我要走，一人抱住我一条大腿，不肯让我前行半步。这两个馋嘴孩子，这几天趁我在家，每日里生煎包子、零食任着性子吃，他们自然是希望我待在家里的。惟独大囡，见我要走，丝毫不在意，就像对待陌生人一样，只顾坐在门口写作业。走出门的时候，我还几次偷偷扭头看她，我期盼着她也会偷偷看我。但她没有。

秀珍送我出门，路上，我说起了大囡的事。秀珍支吾几句，开口道，大囡已经知道你做和尚的事了。

我一愣，她怎么知道的？

那天，她突然问我，爸爸是不是做和尚的。我一时回答不上来，就问她是怎么知道的，大囡说她有个同学是山前村的，你去开家长会时，他爸爸见过你。

我一愣，怎么会这么巧？

秀珍叹了口气，其实，大囡跟你最亲。可是，换个角度想，也得理解孩子。你说，一个孩子，知道爸爸在当和尚，她怎么能接受？我那天还问她，我说，大囡，你怎么从来不带朋友来家里玩。你猜大囡怎么说？她说，要是我带人来，别人问我父亲是做什么的，我又该怎么说？

我低头想了一会儿，说，秀珍，你知道的，我做这一行不为别的，只是想多赚些钱让你们生活过得好一些。如果孩子们觉得我做和尚给她们丢脸了，那是她们还小，到以后，他们会明白的。话说回来，就算不明白，也由他去了。《红楼梦》里不是有首"好了歌"吗？说，痴心父母古来多，孝顺儿孙谁见了？我想明白的，我不求儿女们理解我，只要我这个做父亲的自己心里无愧就行了。

听了我的话，秀珍便低了头，不再言语。

回到山前寺，我稍微打扫了一下，几日不来，各处又积了些灰尘。打扫完毕，便是中午了，我便到厨房做饭。没一会儿，便有人找上门来，我一看，原来是周老太太。

广净师父，你怎么不说一声就走了？

我一愣，随后我便有些不高兴。这周老太太话里有话，我为什么不能走？难不成要将我扣押在这里，寸步不能移吗？我没好气地回了一句，我长着脚，自然要走路的。

周老太太一愣，师父这话说的，我可不是那个意思。你看之前寺里出了慧明那个事情，现在你这里刚做了佛事，就没了人影，村里人自然是要议论的。

周老太太的话虽然不中听，但也是道理，我便缓和了一下口吻，说，周阿姨，我不是跟你说了吗，我是本地人，我能走哪里去啊？

那是，我是相信你的。别人问我，我也是这么说的。

我想了想，说，周阿姨，你先坐会儿。说完，我便去楼上拿了箱饼干下来。这是秀珍让我带的，说让我平时当点心。周老太太见我拿了饼干下来，一定推辞不要。

我每次来都拿师父东西，罪过的。

这算什么，又不是什么值钱的东西。再说，你也算我的长辈，孝敬长辈不应该吗？

周老太太听了我的话，便笑着收下，转身走了。过了不多时，她又回来，还带来了好几个老太太，拿着些新鲜的蔬菜和菜籽油。周老太太面露得意，我跟她们说师父回来了，她们就非要过来看看。我连声感谢，心里却暗自不高兴。我疑心这是周老太太私下里跟她们讨要来的，她要还我的人情，自己又不肯花钱。

几个老太太一到，纷纷洗菜做饭，就像到了自己家一样。

广净师父，不是我们夸你，以前的那个慧明，跟你真是没法比。你多勤快，看这寺庙被你打理得清清爽爽的。慧明就不行了，又懒又邋遢。说句不好听的，有时候连佛前的贡品，她都懒得吃，盖上厚厚的灰尘，真是造孽。

我呵呵笑着，没接话。她们总是将我和慧明对比，我不喜欢这样，就像那个慧明师父是个十恶不赦的人。

好容易等着她们将饭菜烧好，我假意留她们吃饭，这时，她们倒识相起来，都说自己已经吃了，不打扰师父吃饭，就一起走了。站在门口，我忍不住冲她们作揖，心里默念阿弥陀佛，总算是走了，这下我总算可以安安静静一个人待一会儿了。

我盛了饭，坐下刚要吃，不想又有人敲门。我有些恼怒地放下碗筷。这个周老太太还真是没完没了了。

起身开门，刚要说话，门口站着的却是周郁。周郁看着我，有些奇怪，怎么了，好像不大欢迎我？

我赶紧解释，不是不是，我以为是别人。

我将周郁迎进来，拉过一条骨牌凳。这骨牌凳扔在一角，好久没用了，都是灰，我就用袖子擦。擦干净了，一抬头，发现周郁正在看我，我有些不好意思地笑笑。

你吃饭了吗？

没呢。

那正好一起。不过菜不好，不知道你来，要知道，我就多烧些菜了。

在寺庙里还讲究什么，难道吃大鱼大肉啊？

我就笑。吃了一阵，我又想起了那天喝茶的事，我很想问问那天她找我是不是还有别的什么事。但话到嘴边，又觉得不妥当，就着饭咽了。

吃饭闲聊的时候，我得知周郁有个小工厂，专门就做香忏这些佛教用品。不过，她说她不靠这些赚钱，只为结个佛缘。现在，她主要是在做会堂。

我不懂会堂是什么意思，周郁便跟我解释，说，会堂就是落会的地方。有人出头组织，弄一个会，然后大家就每天往这会里喂钱。喂好钱，就进行暗标，谁出的利息高，这个钱就借给谁，直到会期满的时候，再将钱还回来。怎么说呢，其实就是借钱付利息差不多。

我听了一阵，还是有些发懵。

这怎么会挣钱呢，拢共不就那么几个人，那么几块钱吗？难道钱还会生钱啊？

周郁笑着说，那么几块钱？你是没见过喂会的那个场面，那钱可都是用大笆箩盛的，一般人看见都会被吓到。

我还是没听懂，不过，听不听懂又有什么关系，反正我听明白了，周郁很有钱，而且，她似乎也愿意帮我。对我来说，这是最重要的事。

后来，周郁便会时常到我寺里来，每次来，总会带些水果糕点什么的，从来没空过手。来了，也没什么具体的事，上个香，往捐款箱扔些钱，然后就坐下抽烟，不咸不淡地说些话。她应该是很忙的，坐那么一会儿，手机却响个不停。听口气，都是跟她的会有关的事。

来的次数多了，我对周郁也了解了一些，她并不瞒我。她结过婚，她对男人赤诚，男人却对她不好，后来就分开了，两个人也没有孩子。周郁说她挺羡慕我的，对老婆孩子那么好，女人最重要的就是要找到一个好男人。听到此处，我心里咯噔一下，我不知道她为什么要跟我说这些。似乎话里有话，但我不敢深想。

这一天，周郁带来了一个人，说是象山的一个船老大。这个船老大看上去很是彪悍，脸膛黑红，身上还带着一股淡淡的海腥味。

船老大姓马，今年刚新打了一条大船，可新船下水后，几次出海，都没有什么好收获。出海的成本很大，每次都要亏十几万，船老大便有些着急。后来，听周郁介绍说这里的菩萨很灵验，便打算过来做七天七夜的佛事。

马老大问我，广净师父，周郁说来你这里做佛事，没有不灵验的。你告诉我，是不是这样，如果真是这样，我就直接把钱放你这里了。

看着马老大的样子，我有些发憷。周郁不应该把话说得这么满，这种事怎么好打包票的？我知道海边人彪悍，虽然花钱爽气，可要是得罪了他们，没准就把我这个小庙给掀翻了。

我没有应马老大的话，让周郁过来帮我倒茶。倒茶时，我偷偷问她，如果接了这佛事，万一打不到鱼该怎么办？周郁却满不在乎地说，这有什么，打不到，就继续做佛事呗，总会碰到鱼的。

尽管周郁这么说，可我还是很心虚。原本周郁跟马老大谈好了，整堂佛事，他出二十万。可马老大跟我谈的时候，我却自己将价钱压到了十万。我心里实在是没底，说实话，这十万元，我也是冒着天大的胆子了。

我能感觉出，周郁似乎有些不大高兴。这我能理解，她给我寻来这么大一个香客，并不容易。可我有自己的顾虑，不管怎样，这里是寺庙。不能太出格，我没法保证做了佛事，马老大出海就能满载而归。我是需要钱，可头上三尺有神明，如果这钱太多，超过我的福报，我是着实不敢要的。

最后，马老大留下十万现金，和周郁一起离开了。我将那十万元现金整齐地堆垒在那张放过慧明表哥骨灰盒的破旧条案上，然后我就躺在床上，点一根香，远远地看着它。这一刻，我对自己有些意外，我对钱的热情似乎并不如我期待的那样蓬勃。这一堆红红的纸币，就像与我无关。我是个胆小的人，以前无论是骑三轮车，还是送牛奶送报纸，虽然辛苦，可拿到手的，都是踏实的。一分一厘，我都清楚它的来龙去脉。可眼前的这些钱，得的这么容易，反倒让我心慌。这钱，来得不讲道理。

算了，既然拿了钱，眼下最要紧的便是做好这场佛事。

我在脑中盘算了一下，这样一场佛事我该怎样安排，要请多少人，要花多少钱。可盘算来盘算去，脑子里却始终是一笔糊涂账。对我来说，这笔款子有些太大了，大得让我根本不知道该怎么花。最后，我想到了阿宏叔。这样的场面，对我是大，对阿宏叔来说，无疑就是小儿科了。

我给阿宏叔打电话，说了佛事的事，我说，我都不知道钱该怎么花了。阿宏叔就在电话那头笑，问了我具体的日子，阿宏叔说，那时节我正好空，这样，这是你的大事，到时我过来帮你当维那吧。我听了，高兴得不行，阿宏叔肯来，这堂佛事就是万无一失了。

挂电话时，阿宏叔突然漫不经心地问了我一句，对了，方泉，这么大的香客，你是怎么找来的啊？

我愣了一下，突然想起周郁跟我叮嘱过这些事不要告诉阿宏叔。可阿宏叔帮了我这么大的忙，他问起了，我怎么好瞒他？我想了想，这也不算什么紧要的事，说了应该没什么大碍。如果瞒着，日后被阿宏叔知道，反而更加难堪。

这个佛事是周郁给我介绍的。

阿宏叔一愣，周郁？哪个周郁？

是在你寺里认识的，就是上次你做法会那一次。

阿宏叔在电话那头微微沉默了一阵，说，哦，那个人，我知道的。随后，又说了几句，便将电话挂了。

挂了电话，我又回味了一下阿宏叔刚才的那句话，似乎话里并没有不高兴，但细细辨别，好像又有些不高兴，我搞不清楚。我有些后悔，或许我真不应该将这事告诉阿宏叔。

23

好了，现在我要开始筹备这场佛事了。

我打算过了，这场佛事，我起码要找来三十位乐众，才够撑住场面。这么多人来，吃饭睡觉是大问题，我还是用老办法，跟素斋馆联系好，让他们送饭菜。每份饭菜，我给他们十元的标准，钱多一点没问题，但菜要做得像范些。被褥我不打算让他们自己带，我联系好了，一百元一床，买五十床。反正买了，以后也可以用的。长远看，贴钱让僧人们自己带，并不合算。另外，这么多人来，房间是个大问题。楼下倒是还有一间空房，一直没用过，堆积着杂七杂八的东西，又重又脏，一直没下心思弄，正好趁这个机会，雇了两个外地人，给他们一天二百的工钱，花了整整两天的时间，将这个房间给整理了出来。还有，就是到时候打杂的人，原本，我是想叫周老太太叫村里的人来帮忙，可细想，又觉得不合适，这个佛事是那个船老大包去的，跟她们无关，她们也未必愿意帮忙。于是，我便又出钱，去家政公司雇了两个人，也是按日点工，一人一天二百元，帮着料理各种杂事。

就这样，好容易将一切准备妥当，到了佛事前的第三天，我给阿宏叔打了个电话，我得再跟他确认下来的日子。让我没想到的是，电话一接通，阿宏叔便连声抱歉，说他要赶着去普陀参加法会，时间撞上了，我的佛事他不能来了。阿宏叔的话就如同晴天霹雳一样，这么大的场面，他要是不来，我肯定是撑不下来的。在电话里，我几乎用哀求的口气跟阿宏叔说，希望他能想想办法。阿宏叔也显得很为难，他跟我解释，实在是没有办法，普陀山的法会，他不能不去，如果不去，可能会影响他的寺庙。阿宏叔这样说，我也不好再坚持了。

挂下电话，冷静了一会儿，我忽然想阿宏叔这个事是不是和周郁有关？难道是因为我上次提了佛事是周郁介绍的缘故？我赶紧打周郁的电话，没想到，她却关了手机。这可真是愁人了，怎么临了事情总是这样，早不早，晚不晚的，一到口上，就全撞在了一起。

可不管怎样，佛事还得继续。钱已经收了，箭在弦上，是断没办法更改了。一想起马老大那副彪悍的身体，我的心里就直打鼓，他这身板，一使劲，估计就能将我这寺庙给碾平了。

我抽了根烟，理了理思路。眼下，最要紧的便是找一个能维持得住场面的人。想来想去，我想起了油盐寺的长了师父，我第一次做空班，就是在他的寺庙。长了师父的人还不错，认识了以后，也常叫我去他那里参加佛事，一来二往，跟我也算有点交情。更重要的是，他经念得好，做事情也是规矩认真，在这一行，也有些威望。眼下，他实在是再适合不过的人选了。

我赶紧联系了长了师父，他听了，倒也爽快，满口应了下来。但搁下电话，我心里却还是不落听，生怕中间又出了什么意外。第二天一早，我便又坐车去了油盐寺，将长了师父接到了我的寺里，才算真正的将心肠落在了肚子里。

佛事终于可以开始了。不知是不是之前的那些意外，这堂佛事开始后，便是磕磕碰碰的，始终不是特别顺利。到了第三天头上，一个乐众竟然不小心将供桌上的烛火给打翻，一下子把佛前的幔帐给点燃了。幸亏有个僧人活络，跳到供桌上，将幔帐一把扯了下来，才没有造成大祸。但这么一闹，佛堂里便显得乱哄哄一片。当时，我看见马老大站在人群里，脸色铁青，很不高兴。我都担心他会当场翻脸。最后，等到第六日，原本以为这佛事终于可以顺利结束了，没想到又有两个空班因为打牌时怀疑对方偷牌，在禅房里扭打在一起，最后，又有三四个老乡参与进来，弄得差点报警。没办法，我只能下狠心将几个人逐出寺庙，没想到这几个人都不是省油的灯，见我要赶他们走，便耍了无赖，在寺庙里闹。实在没有办法，我只能又每人赔上几千元钱，才赶在最后一日的佛事前平息了事情。

虽然出了很多意外，花了许多冤枉钱，佛事总算还是结束了。结束时，马老大给的钱还剩下了三万多元。可拿着这钱，我却觉得毫无意思。

佛事过后，调整了一日，我便买了一些茶叶糕点去长了师父的油盐寺去答谢。这一场佛事，幸亏有了他的帮忙，否则，真不知道事情会糟糕到哪里去。

我们坐在禅房里喝铁观音，长了师父便说，广净师父，你的气色看上去有些不好啊。

我苦笑了一声，你也知道，这一堂佛事弄得鸡飞狗跳的，要不是你帮忙，我都不知道怎么熬过来。

长了笑笑，应该的应该的。不过，话说回来，你也是马虎，这么大一堂佛事，居然临开始时才跟我说。

我叹口气，长了师父，我也不瞒你，并不是我想这样，实在也是没有办法了。随后，我便将整堂佛事的来龙去脉跟他说了。

听完了，长了师父直皱眉头，广净啊，你知不知道，你犯了这一行的大忌了。

我叹了口气，我明白的，我不应该心存贪念，不应该接这么大一场佛事。一个人实在不能去求超过自己的福报的事情。

长了怔了怔，我说的不是那个意思。

我也愣住了，不知道他指的是什么。

现在，你也是个当家和尚，那我就先问你个简单的问题，你告诉我，为什么有些寺庙香火那么好，有些寺庙的香火就旺不起来？

我想了想，有些寺庙大，有些寺庙小？

长了摇了摇头。我又想了想，有些师父经念得好，有些念得不好？

长了笑了笑，说，广净啊，虽然你现在也是个当家的，可你根本就没弄懂这一行究竟是怎么回事。香火好不好，归根结底在于寺庙的护法。一个好的寺庙，必然要有好的护法。

护法？我有些发懵，事实上，我还是第一次听见这个名称。

长了师父继续说道，我打个比方吧，这护法就好比是一个公司里的业务员。公司的业务靠什么，不就靠业务员吗？只有拉来了好业务，公司的生意才会好，这样说你能明白吗？

我点了点头。

这几年，你的那个阿宏叔，也就是守元师兄，他那么红，不仅寺庙越来越大，还当上了佛教协会的会长，他靠的是什么？光靠他自己吗？不对，他靠的就是有几个好护法。像守元这样的寺庙，要是靠着吃附近村庄的香火，根本就吃不饱。可他的护法能帮着他到别处拉来佛节。而且，守元的几个护法，都是会堂里的会头，这几年，本地的会堂十分兴旺，会堂的钱你也知道，来的容易，花得也大方。加上这一行又是冒险的行当，个个都希望菩萨保佑。你想，搭上这条大船，守元的寺庙能不兴旺吗？

说到此处，长了停下来看着我，这下你该知道为什么我说你犯了这一行的大忌了吧？

我怔了怔，似乎有些明白了。难道说，周郁是阿宏叔寺里的护法？想到这里，我有些懊恼，当初我并不知道这回事，如果我知道了，我怎么会让周郁帮我拉香客？

长了喝了口茶，又说，不过话说回来，你这个事情还真是有点古怪。

我一愣，什么古怪？

你知道，同行是冤家。其实很多寺庙都在打守元那几个护法的主意，可是从来就没有人能从他那里挖走一个。奇怪的是，那个护法怎么偏偏会帮你呢？

我听出长了师父话里头有话。什么意思？

长了师父，你有话就直说吧。

长了稍稍犹豫了一下，说，反正这个事情，你早晚也会知道，我说了也没有太大关系。我问你，你知道守元的护法别人为什么挖不走吗？

我摇摇头，我不知道。

长了便压低了声音，神情诡异地说，其实，在这一行里，这也不算什么秘密了。守元的那几个护法都是离过婚的女人，而且个个能说会道，能力很强。这样的女人，拉佛节的能力自然是强的。可更重要的是，守元的几个护法，对守元是出奇的忠诚。要想留住这样的护法，需要的不是一般的手段。你猜是什么手段？

钱？

长了摇了摇头，不对，靠钱有什么用。钱有用的话，别人可以出更高的价。我告诉你吧，要想得到真正的忠诚，就是得到女人的身体。

我的脸一阵烫，我觉得长了师父有些胡说八道。阿宏叔怎么可能那样做，他可是一个出家人。

长了也看出了我的不信任，说，你是不是不信我的话？我跟你说，起先我也不信，可后来，却由不得人不信。否则你说，为什么守元找的都是女护法，还都是离过婚的？他就是看准了这样的女人会死心塌地地跟着他。说到这里，长了笑眯眯地看我，哎，广净，我问你，那个女人为什么会那么用力帮你，是不是你也用了什么办法？

听到此处，我的脸又是一阵烫。我终于明白为什么长了说这个事情古怪了，原来他是怀疑我跟周郁有那种关系。我有些生气。

长了师父，你想到哪里去了，我怎么会那样做？虽然我不是真正的出家人，可我每日里也是要在佛前烧香祷告的，难道我就不怕菩萨降罪吗？

长了看着我，哑然失笑，广净啊，你错了，这就是一个行业，赚钱的行业。难道你真相信你坐在寺里，念念经，烧烧香，睡上一觉，菩萨就会发善心，把钱装到你口袋里啊？

我辩解道，我知道这是赚钱的行业，可头上三尺有神明，总归是有底线的吧？我们不能人前一套人后一套吧？

长了看着我，沉默了半天，吐出一句话，广净，这一行没那么干净，你真的要做这一行，就要做到六个字，要不怕丑，不怕狗。

我低下头，避开了长了的目光。我知道，他心底里是不会相信我跟周郁是清白的。这一刻，我的脑海中突然浮现出了我和慧明师父第一次见面的场景，我们就站在山水庵那个竹林边抽烟。她看着竹林，低沉地说，这是个末法的时代。

现在，我似乎有些明白她说那话的意思了。

24

从油盐寺回来后，我就再也没有出过门。我不想出门，没意思。

我一个人待在寺里，每日里，除了念经，就是莳弄南墙边的那块地。很快便要到芒种了。俗话说，芒种不种，等于白种。我得趁着芒种前，将那些蔬菜种子播下去。我将地里的土用锄头一点一点敲碎，煨过肥，然后去城里的种子站买来茼蒿、水萝卜、还有菠菜，将它们细心地种下去。

每一日，我都过得极有规律。凌晨四点，我会起来，洗漱了，便一个人去殿里做早课。念楞严咒，念弥陀经。早课完毕，一个人去地里拔些青菜，与昨晚剩下的米饭一起煮了，做菜泡饭吃。吃完，我会再去山上转一圈，呼吸一下山间的新鲜空气，让身体沾一沾草间的露水，然后再回到寺里念经。我严格遵守过午不食的规矩，赶在十二点前吃好午饭，吃完饭，我会睡一会儿。睡醒了，就在庙中打扫卫生，或者拿着榔头、钉子之类，在庙中四处寻找破损的地方，修修补补。一直到四点，再开始做晚课。等夕阳下了山，我会再去山上走一圈，然后回到寺里，在菩萨面前静坐一个小时，再去睡觉。

我就这样周而复始，一日又一日地打发着时间。我不知道为什么，自己的心突然会变得如此澄澈，就像有一个电熨斗，将我整个人从头到尾熨烫了一遍。我贪恋这样的感觉，这一片小天地，就像与外面的世界完全的隔绝，根本就没有人会注意到我，打扰到我。

　　现在，村里的老太太们已经不大到我这里来念经了。此前，周老太太曾来过一次，她显得不太友好，语气生硬地质问我，前些时日的佛事，为什么不在村里张贴佛讯，为什么不通知她们参加？我告诉她，这是别人包下的佛事。周老太太对我的回答很不满意，她说这山前寺是山前村的，别人怎么能包？你没有权利这么做。她咽了一口口水，又加了一句，这样的事情即便是慧明在时也没发生过。我便笑笑，不再说话。随后，周老太太将自己打扮成一副恼怒的模样，作势要走。我知道，她心里是希望我能留她的，然后说几句软话。可我没有，我不想留她，我不想说软话，更不想再拿些什么饼干水果去讨好她。事实上，我有些厌倦，我厌倦了与人打交道。

　　从那天起，周老太太就再也没有到我这里来过。她不来，村里的老太太也不再来，她们都听她的。以前，我不知道应该怎么称呼周老太太的这个身份，自从那天和长了师父说了那些话后，我明白了，其实周老太太的身份便是护法。只不过，她的护法身份只局限于山前村而已。

　　我想，有一天，没准我会重新提着礼物去讨好周老太太。但我现在不想，我不是针对周老太太，我是不想跟任何人打交道，这让我觉得烦恼。甚至，我都不想回家，不想面对秀珍，不想面对大囡、二囡，还有方长。我觉得一切都似乎毫无意义，现在我就想这么安安静静地待着，我想让自己和整个世界脱离关系，没有压力，也没有动力，干净、坦荡。

有一天下午，我突然又生出了打坐的念头。我房间的角落里有条禅凳，这条禅凳，不知是什么时候留下的，禅凳上的藤面都已经破损，露出了底下的棕绷。我将禅凳拉出来，盘腿端坐在上面。起初，这动作会让我下肢关节的韧带感到一阵阵的疼痛。但坚持了几日，韧带松了，疼痛便也慢慢消失。我在禅凳上盘着腿，摊着双手，紧闭双目，一坐就是一个小时。我觉得很舒服，身体被完全打开，有种通透的感觉。后来，我就不再午睡，我把午睡改成了打坐，每天下午，我都会这样坐上一个小时。

这一日，午饭后，我又坐在禅凳上打坐。我闭着双目，将双腿盘起。起先，我还在脑中想事情，但慢慢的，这些事情就淡了，棉絮一般浮着，不着痕迹。一切都好安静，安静得似乎只有我的呼吸。但很快，这呼吸声也没了，耳边似乎完全没有了声音，死寂一片。又过了一会儿，一些声音又若有若无的在我耳边响起，逐渐清明起来，竟是诵经声。我不确定这诵经声来自我的嘴巴还是其他什么地方。

南无萨怛他，苏伽多耶，阿啰诃帝，三藐三菩陀写。南无萨怛他，佛陀俱胝 瑟尼钐。南无萨婆，勃陀勃地，萨跢鞞弊。

是《楞严咒》，我听得出来。

经声响起时，我感觉我的身体开始充盈，逐渐变大，逐渐地失去了重量。终于，我漂浮了起来，悬在半空。我睁开眼睛，看见眼前是一片辽阔无比的水面，这水面看上去很柔软，柔软得就像孩子的肌肤，可似乎它又坚硬无比，就像一块坚冰。水底有光，星星点点，层层叠叠，这光也像失了重，就那样从水底的最深处慢慢漂浮上来，最后，积聚在水面，微微抖动。这光温和、平静、圣洁，我深情地看着它们，就如同我们是磁铁的两极，深深地吸引。我想向它靠过去，我想将身体放到这光之中，我知道，那里肯定明亮无比，温暖无比。

我就这样努力地向那水面的光靠过去，越来越近，越来越亮。就在我几乎触碰到那水面时，突然那水面就像破开了一个口子，千万束的光芒在瞬间从这个口子里喷薄而出。

我在禅凳上睁开双眼，长久地喘着粗气。

这情境是多么的熟悉。就在方长出生前的那个夜晚，我也看到过这样的光。那个夜晚许下的愿又在我脑子清晰地浮现了出来。我知道，它就像一把利刃，高高地悬挂在我的头顶。

早上，有个外地人来到我寺庙收蜡烛。回收这烧废的蜡油、蜡烛。其实也是一门不错的行当，蜡烛蜡油低价收回去，做成新蜡烛，又可以卖给我们。一进一出，赚的都是寺庙的钱。这个外地人我见过的，以前来过一次，就是慧明师父的那场水陆之后。

我想他这次肯定也是听了我这里做过大佛事才来的。平常，他是看不上我们这些小寺庙的。他们都喜欢去那些常年香烛不灭的大寺，像我这样的小庙，没什么油水。

外地人将蜡烛头和蜡烛油在蛇皮袋里装好，用随身带着的一杆大秤称了重量，算好钱，便将蛇皮袋放到三轮车的车兜里，顺着寺前的砂石路往村口走了。

我走上楼，站在走廊上看见三轮车拐过路口，突然人影一叠，似乎又有个人顺着马路朝我这边走过来。我觉得有些诧异，要知道，我这里已经许久没有来人了。虽然看不清面目，但看着身形，似乎还是熟悉的。我就站在走廊上看，等人走近了，我大吃一惊，竟然是周郁。

我赶紧下楼，走到大门口迎接。周郁手里拎着一袋香糕，看见我时，似乎还有些不大自然。

我说，你怎么没开车来。

周郁便有些不好意思地解释，出租车不肯进来，说路太小。

一瞬间，我明白了，因为寺前的这条路并不小。我赶紧将话接过来，我上次也碰到过这样的情况，这些出租车司机也是生了分别心。

我将周郁迎进了寺庙。周郁坐下，取出根香烟抽。我偷偷地看她，她似乎是憔悴了，也没了以前见到的那种派头，话很少，只是抽烟。我预感到她心里有事，但她不说，我也不好问。临到中午，我留她吃了饭。我在地里拔了韭菜，切成末，用酱油和菜籽油调一起，在锅里烧热，然后用勺舀了浇在韭菜上，制成卤。随后，我又用清水煮了面，捞起，将卤子浇上。

周郁吃了几口，连连赞叹，说自己好久没有吃过这么好吃的面了。我不知道她是真心夸赞还是客气。吃了一半，周郁说自己饱了，吃不下了。她擦了擦嘴，又点了一根香烟。

我马上要走了，要去上海。周郁抽一口烟，又补了一句，是生意上的事。

我笑笑，心里猜想周郁并不是什么生意上的事，可能是她的会堂出了问题。做会堂，本来就是高风险的行当，就像赌博。可我不方便多问，只是耐心地等她将烟抽完。

抽完了，周郁便起身，说，行了，真该走了。

我便起身送她。周郁慢慢地走，走到门口，却又停下了脚步，她微微侧着身，低声说，你能不能借我两万元？

我愣住了，一时回不过神来。她没拿眼睛看我，她看上去有些难堪。稍微顿了一下，又说，还是算了吧。说完，转身便要推门出去。

等一下，我脱口而出。

周郁转过身，看着我。

你在这里等我，我一会儿就回来。说完，我就飞快地跑出门去，骑着电瓶车赶到最近的那个信用社，取出两万元钱。我匆匆赶回来，将钱交给周郁。

周郁拿着钱，似乎显得更加局促了，低声说，这钱，我会还你的。

我笑笑，没事，你帮过我那么多的忙，应该的。

周郁又看了我一眼，走了。

我站在门口，看着周郁沿着砂石路渐渐走远，直到最后消失不见。我忽然觉得心里有些难过，我说不清楚这种感觉，她似乎总是这样，突然出现，又突然消失，就像一个谜团一样。

我一个人坐在厨房里抽了根烟。将碗筷收拾干净，然后上了楼。我像往常一样，盘着腿坐到禅凳上，试图像往常一样打坐。可是，不知怎么，我的心思却浮了，就像一阵狂风刮过一样，心思不定。心浮了，身体也像失去了重心，坐在禅凳上，几次差点摔倒。

我睁开眼睛，从禅凳上跳下，匆匆跑下楼梯。

我骑着电瓶车往家里赶，我突然觉得无比的孤独，现在，我想见秀珍，想见孩子们，如果见不到他们，我怕自己会熬不过去。

电瓶车被我开到最大的四十码，嗡嗡地响，如同要散架了一般，但我还是嫌它慢。我恨不得它能生出翅膀，马上就飞到家里。

赶到家时，大门关着。让我诧异的是，我风风火火地赶回来，可当我回到这个门口，我突然又失去了推门进去的念头。我趴在门缝上，看见秀珍正在院子里洗衣服，她的手上沾满了巨大的泡沫。方长和二囡就将这泡沫用手握住，往各自的身上泼。两个人打闹着，方长被他姐姐追赶着跑到门口，突然站住了，眼睛盯着门缝。

我转身骑上车，飞快地离开了巷弄。

我还是努力坚持着早起、早睡、念经、打坐，我试图让一切又平静如常。可事实上，我只坚持了三天便坚持不下去。我叹了口气，知道自己的心已经不静了。

从周郁来的那日开始，每次我将腿盘起来坐上那条破旧的有些摇晃的禅凳，我都觉得恍惚。我试图让自己沉静，让自己清澈，让自己往深里走。但我的脑子就像四面漏风的墙壁，杂念无时无刻不从缝隙中漏进来。我无法平静，也无法像往常一样放空自己。坚持了三天，等到第三天下午，当我睁开眼睛，看着简陋湿冷的房间，以及我屁股下这条破损无比的禅凳，我突然觉得自己有些可笑。我似乎是得了健忘症，忘了自己来这个寺庙是做什么的了。

第二天，我便骑着电瓶车去了城里那家最有名的稻香村，花一百元买了两盒豆酥糕，随后，我便赶回村，前往周老太太家。

周老太太家就住在村的东头，一个人住，十年前，老伴出了车祸，她就害怕坐车，所以几乎每日都待在村里，很少出门。她的儿子不在家里住，在城里按揭买了房子。周老太太曾向我抱怨过她的儿子，现在的年轻人，上顿饭吃了下顿的米。买房子，应该够了钱再买。如果不够，就将钱存着，每月还可以吃利息，现在倒好，钱不够，借了银行的钱，每月的利息还要倒贴。这一进一出，让周老太太心疼得不行。

我到时，周老太太正坐在院子里念经，所谓的经，其实是一堆叠好的土黄色的粗纸。这是农村老太太最喜欢做的事情，她们用手捻着纸，然后念土地经，念财神经。这样的方式不仅能帮她们打发时间，还能赚些钱。有些人家要烧经烧纸钱给祖宗，自己又不会念，逢上七月半、清明、年三十这样的日子，便会到这些老太太这里买。对于村里这些老太太来说，这也是一笔不错的收入。

我一走进院子，周老太太便看见了我。可她却故意装作没看见，不做理睬。我坐在她面前，毕恭毕敬地将糕点递到她身前。

周阿姨，这是我特地从城里稻香村给你买的豆酥糕，特别好吃，您尝尝？

周老太太只顾念经，似乎听不到我说的话。

周阿姨，那天，我也是心里烦乱，态度不好，你可不要见怪。我知道的，其实，那么多人，只有你才是真心对我好的。要不是你，我怎么可能在这山前寺立住脚？那么多佛节又怎么拉得来？不是恭维你，你才是这个寺庙的大护法，我啊，就靠着你护佑呢。

听了我的这些好话，周老太太的脸色终于好看了起来。她长长地叹了口气，唉，我啊，没别的毛病，就是心软。我是想着你广净师父能耐那么大，不需要我这老太太了。我也打定主意不再拿热脸去贴你的冷屁股。可你这一说软话，我又硬不下心肠了。

我伸手帮着老太太整理笸箩里的经，笑着说，周阿姨，你可不能硬心肠，你一硬心肠，村里的老太太就都不到我寺里去了。

周老太太撇了撇嘴，她们去哪里，我又怎么管得了？

我说，周阿姨谦虚了，谁不知道，您就好比是这山前村的妇女主任。

周老太太便有些羞涩的笑了，广净师父真是会开玩笑，我都这把年纪了，哪还能当什么妇女主任啊？

我笑着，心里叹口气。我觉得我有些无耻，竟然靠着这点伎俩骗一个老太太。

当天下午，周老太太便带着村中的几个老太太到了我的寺里。她们拿着放经的笸箩，围坐在桂花树下，一边说笑，一边念经。我笑眯眯地站在旁边，陪着她们说话。

说实话，看着她们，我心底里有些失落，因为眼前的一切，才是这个寺庙最正常的生活。只有这些人，才是真正跟寺庙连在一起的。村里人家，无论是婚丧嫁娶，还是出门营生，都不会绕过寺庙，只要有事，都会去庙里问问师父。有句老话叫作无办法，问菩萨。怎么问菩萨，就得找寺庙，找和尚。而且，来寺庙的就是这些老人，因为老人腿脚不便，不可能去太远的地方。说到底，这样一座小寺庙，跟宗教无关，跟赚钱也无关，它只是村里的老人打发闲暇的场所，是一个老年人活动中心。

从这一天开始，我不再早起，也不再勤快地去打扫，任由寺庙里的垃圾一点一点地多起来。无聊时，我也会念念经，打打坐，但那更像是一时兴之所至，毫无规律可言。我没有了对自己严苛的那种劲头，因为我觉得这并没有什么意义。

老太太们隔三岔五会来，她们坐在桂花树下盘经，时日久了，似乎她们也不在乎有没有我这个师父了。而我也乐得一个人躲到寺庙的围墙后，晒着太阳，抽根烟，然后坐在草垛子里懒懒地打个盹。

有一天，躺在草垛子上，我突然就想起了慧明师父。那一刻，我仿佛理解了她。我想，她刚来这里的时候，肯定也跟我一样，心里充满了干劲，要把这个寺庙修葺一新。但后来，她便发现这样做根本毫无意义。这里本就是个死地，无论是我，还是慧明，我们都是过客，都是道具，只有这些生长在这里的老太太们，才是这里真正的主人，这是任何努力都不能改变的现实。

所以，慧明就在这里混日子。就这样一日一日，混过了二十年。

25

　　我趴在走廊的栏杆上，无聊地打着呵欠。我觉得人真是奇怪的动物，之前，每天早睡早起，都不觉得困。现在，每日里睡到太阳照屁股，却依旧感觉没睡够。

　　恍惚间，我听见外面有汽车的喇叭声，眯着眼睛去看，只见村口那里开来了一辆黑色的轿车，卷着长长的灰尘。让我觉得奇怪的是，这车没有去村里，反倒向寺庙的方向开过来。车子开到寺庙门口，可以看清楚是一辆很高级的奔驰轿车。怎么会有这么好的汽车开到我这里来？我觉得有些怪异，不由站直了身子。

　　车门开了，下来三个男人。其中有个男人，皮肤黑红，看上去有些面熟。我皱了皱眉，突然想起他不就是上次在我庙里做过佛事的船老大吗？我有些心慌。

　　当初，接这场佛事时我就心虚。后来，佛事中途又发生了那么多事情，他一直都看上去不高兴。虽然佛事过去这么些日子，可我却总是担心他会回来找我的麻烦。好了，现在这一天总算是到了。

　　我整理了一下僧衣，硬着头皮，快速地下了楼梯。到了楼下，马老大正好迎面走过来，还没等我开口，他却先冲着我双手合十，连声叫道，大师好，大师好。旁边的两个男人也学着他一起叫。我愣住了，什么意思，看这架势，不像是来找我麻烦的呀？

我惴惴不安地将几个人迎进了楼下的禅房。说是禅房，其实不过就是上次佛事时收拾出来的一间破屋子。一张八仙桌，几条骨牌凳，这还是村中一位孤寡老人死后，周老太太从她家里搬来的。可一进禅房，船老大和他的随从不但没有看不起的意思，反倒啧啧称赞，说我名不虚传，这样清苦朴素，真是大师风采。

我听着他们的话，觉着怪怪的，只是笑，拿出一次性纸杯给他们泡茶。

坐下后，我心里盘算了一下，便小心翼翼地问马老大，马老板，最近出海收获怎么样？

马老大没说话，反倒先笑了起来，旁边的两个随从也跟着笑。我被他们笑得有些莫名其妙。

没收获吗？我又小心翼翼地问了一句。

马老大停住笑声，摇了摇手，大师啊，真是不服不行啊。上次在你这里做了佛事，一出海，就碰上了大鱼群，那鱼多的，你是没看见那场面，哎哟，连网都拉不动。最后，打上来的鱼，把鱼舱都塞满了，人踩到鱼堆上，两条腿就像陷进了泥潭，半天都拔不出来。

马老大说起那个场面，似乎嘴巴不够用，还伸出手用力比划起来，似乎此刻他还沉浸在当时那个丰收的场景之中。我认真听着，闻着他们身上那股挥之不去的海腥味，这才完全放下了心。我在心中默念着真是菩萨保佑，总算是又过了一关。

马老大转身指着另两个人说，这几个兄弟都是随我出海的，我说的那些都是他们亲眼看见的。广净大师，你说怪不怪，村子里好几条渔船出去，最后就我一个人拉着满仓的鱼回来。我跟兄弟们说，我是遇上了活菩萨，如果不是碰上了活菩萨，怎么会有这么好的运气？

旁边的两个人便点头附和着，我的脸顿时烫了起来，赶紧摆手，说，不能这么说，不能这么说。

说了一阵，马老大便提出要去拜拜菩萨，我就带着他们到了观音殿。几个人上香点蜡烛，然后虔诚地跪在观音大士前跪拜，起身了，都从口袋里摸出厚厚一沓钱，塞进功德箱。随后几个人又回到禅房里吹牛，再坐了一会儿，便都起身，说有事要回去。我将他们送到门口，到了门口，那个马老大打开汽车的后备箱，取出一个黑色的塑料袋子，塞给我。

广净大师，我也不知道给你买什么。总不能拿鱼来吧？你是出家人，又不能吃。想来想去，还是干脆拿点钱吧。我知道大师不看重钱，我跟几个兄弟都说了，上次佛事，原本说好了要花二十万，可大师非要还我十万，哪里见过这样的出家人？反正我是没见过。不过，今天的钱，大师一定要收下，没别的意思，算是我个人给大师的供养款。

我掂着手中的钱，应该有五万，我有些心虚，将钱递还给他，说这钱我不能收。

马老大却急了，大师，你是不是看不起我啊，嫌我的钱有鱼腥味啊？

我看着马老大黑红的脸憋得跟猪肝一样，心想也是不能再推，只能收下，再三感谢。

我站在寺院的门口，目送着马老大的黑色奔驰开远。车子走了，路面上被轿车卷起的灰尘也逐渐平息了下来。日头斜射，将我的身影打在地上。我看着自己的身影，忽然觉得有些恍惚，我想起了周郁。这个马老大正是周郁带来的香客。

我觉得心里有些难过，不知道周郁是不是真的去了上海，现在过得如何？这个突然出现的女人，又这样突然地离开，就像一阵风一样，迅疾而神秘。我摸出手机，翻出她的号码，想打给她，犹豫了一下，又将手机放了回去。

我回了家，我将马老大给我的钱里拿出了两万，这钱，我得放在秀珍面前，让她看到。

那天，周郁从我这里借了钱。我便主动给秀珍打了电话，我不想瞒她，这样的事情，让她主动问起，反而不好。当然，我没提周郁，我只是说一个朋友急用，问我借了两万元。秀珍在电话那头哦了一声，就什么也没有再说了。

原本这样的对话到这里就已经够了，可我却觉得不甘心。我说不出来，似乎我觉得秀珍对这个事应该有更多一点的关心。于是，我便又问了一句，秀珍，你不问问是哪个朋友借的吗？秀珍却不咸不淡地答道，这是你挣的钱，我听你的。

我很失望。我说不清楚什么时候秀珍变成了这样的一个人，有什么情绪，她都不在我面前展露，她喜欢将它们一层一层折叠起来，然后藏在肚子里，仿佛那里面有一个小箱子，装得下任何东西。我知道，借钱这个事，秀珍应该会有想法。对我们来说，两万元并不是个小数，我没跟她商量就借了出去，她肯定不会乐意，但她却收敛着。我不喜欢秀珍这样，如果生气，她可以说出来，甚至骂我一顿。可现在呢？她却什么也不愿意说，似乎我们就是陌生人，我们之间隔了千山万水。我觉得心情有些低落，我说不出这种感觉，对于秀珍，还有孩子，对她们来说，似乎我正慢慢成为一个不相干的人，她们不再关心我。我的任何事，似乎都引不起她们情绪上的共鸣。

秀珍看见钱的时候，有些发愣，你拿这么多钱做什么？

上次不是有个朋友问我借了两万吗，现在她还回来了。

秀珍应了一声，依旧显得很平静，钱不要给我，你还是到银行存回去吧。

我坐在床沿上，点了根香烟。

秀珍，其实我也不是乱借钱，我知道，像我们这样的家庭，原本没有能力借这么多钱给别人。但她帮过我，帮过我大忙。我不能不借她。

秀珍奇怪地看着我，你借钱的事，我并没说什么呀？

秀珍，我知道你没说什么，但就是因为你没说什么，我才觉得不舒服。秀珍，我们是夫妻，有什么话我们应该当面说出来，不应该放在肚子里。

秀珍说，那我说了你就会听吗？

嗯，你说。

如果我让你不要当和尚，你会听吗？

我一愣。随后，秀珍就摇头，算了，方泉。我知道你不容易，我也不容易，孩子们都不容易。

我低着头，用力地抽烟。我听出来了，做一个和尚的妻子，让秀珍感到为难了。

你知道吗，前阵子，大囡的学校拿了一份表格让家长填。我填好了，第二天早上，大囡却忘了带回去，落在家里了。我拿着那份表格，准备给大囡送去，可我一看表格，就傻住了。大囡竟然把表格涂改了。方泉，你知道大囡怎么改的吗？

我摇了摇头。

秀珍说，大囡把父亲这一栏全部改成了无。

我的脑袋嗡了一下，感觉自己就像被人捅了一刀，刀很薄、很快、很锋利。我不觉得疼，我只是觉得冷，那些血汩汩的，不停地离开我的身体。

我笑了笑，没再说话。大囡跟我那么亲，可现在，我却成了她要从这个世界上抹掉的一个人。我走出门，抱起了院子里的方长，儿子，爸爸带你去超市好不好。方长一听去超市，便高兴地站起来，让我抱他。我抱起方长，却看见他在用力地皱鼻子。我觉得有些奇怪。

方长，怎么了？

爸爸身上有味道。

我一愣，是不是香烟味啊？

不是。

我闻了闻自己身上，没有啊。

方长说有的，他顿了一顿，又说，是和尚烧香的味道。

我一愣，你怎么知道和尚烧香的味道？

方长说，是姐姐告诉我的。爸爸，你是不是个和尚啊？

我没说话，我觉得很尴尬。

晚上，躺在床上。我突然对秀珍说，秀珍，我不当和尚了。

秀珍似乎一时没听见我的话，扭头看我，于是我又重复了一遍。

我不当和尚了，我想回家来，再找份工作。

秀珍很高兴，用力地搂住我，你要真回来，孩子们肯定都高兴得不行。

我笑笑。秀珍说的对，我回来，孩子们肯定会为我高兴。如果再不回来，可能他们就要将我从父亲的名单里划掉了。

26

　　一切似乎回到了往常，却又跟往常不一样。

　　现在我得去找份工作了，虽然秀珍让我先在家里好好休息几日，但我却不想歇。我想让自己忙起来。

　　我买来些报纸，每日里看里面的招工信息。可看来看去，却发现很少有适合我的工作，不是要求高，就是收入低。

　　秀珍安慰我，说你不要太着急，先休息一段时间。没事的，慢慢来。

　　呵，秀珍不会明白，这并不是着急不着急的事。

　　这一天，大囡突然问我，爸爸，你怎么每天都在家里，你不回去了吗？

　　我笑笑，点了点头，我说不走了。大囡似乎不确定我话里的意思，她又问我是这些天不走，还是一直不走。我摸了摸她的头，说，爸爸一直不走了。大囡没说话，她转身，慢慢地走到了门外。过了好一会儿，她才重新走回来。我看见她的眼睛红红的，像是哭过了。

　　这一天，大囡话显得特别多，不停地说着学校里同学的事、老师的事。秀珍也发现了，晚上，她悄悄跟我说，大囡好久没有说过那么多的话了。那一刻，我忽然觉得大囡很像秀珍。她听了我回家的事，那么高兴，却不愿意在我面前显露，似乎也喜欢将自己的情绪在心里包裹起来。我一直以为大囡是个想说就说，想笑就笑的孩子，不知什么时候也变成了这样。我想，或许孩子们真是大了，大得我都看不清了。

相比较大囡，二囡和方长则没那么复杂。我觉得，在他们眼里，我似乎更像一个叔叔。只要我带他们出去买玩具，吃好吃的。他们就会对我亲。如果我不肯，他们就会不高兴。说实话，这两个孩子让我感到有些失望。特别是方长，他永远也不会明白，他的出生曾给我和秀珍带来多大的困扰。

这一天，二囡和方长又缠着我去超市，我心里不想去，但我又怕两个孩子会不高兴，只能答应。可刚要出去，秀珍就拦住了我们。

秀珍对两个孩子说，你们不要总吃那些零食，买玩具，爸爸现在没有工作，你们不能乱花钱。

于是，两个孩子便哭闹起来，一人拉住我一只手，就像两只小鸡，想躲到母鸡的臂膀下。我轻轻地将两个人搂住，替他们说情。

秀珍不高兴了，就说我，你不能总这样惯他们，要惯坏的。你不在家的时候，他们可不是这样的。

我听了，心里感觉有些怪怪的，似乎孩子变成这样是我回家的责任。但我没有说出来，秀珍说得对，如果我一直待在家里，孩子们就不会变成这样。

我还是带着两个小家伙去了超市，买了一大堆的零食。出来的路上，两个孩子便迫不及待地将两包薯片打开了吃。

二囡，方长，以后可不能这样老是缠着爸爸来超市买零食了。这零食吃多了不好的。

方长抬头看了看我，爸爸说错了，不是吃多了不好，是你没工作，没有钱了。

我一愣，好吧，是爸爸没工作了，没钱了。那我们以后节约一点，好不好。

二囡扑闪了几下眼睛，爸爸，你再回去当和尚，不就有钱了？

阿良给我打了个电话，说自己从兰州回来了，约我中午在以前经常去的那个小饭店吃饭。

阿良看上去似乎胖了一些，他说自己是兰州拉面吃多了。

你还在骑三轮车吗？

我摇了摇头，有一段时间没骑了。

阿良说，那你现在在干吗，还在送牛奶？

我又摇头，我想跟他说，其实我一直是在做和尚。但话到嘴边，却又咽了。现在，我对这个身份有些敏感了。秀珍和孩子们的反应，让我感觉这是一个羞于启齿的行当。

闲在家里呢，没事做。

不做事？那你怎么养孩子老婆啊？

我说，我也想，可现在工作不好找啊。你呢，有什么打算？

阿良说，我这次回来，就是想自己干。外面待久了，也没意思，再辛苦，都是给别人赚钱，还不如自己干。现在漆漆的活儿还不错的，买房子装修的人那么多，肯定不愁没活儿干。而且，漆也高级了，不像以前那样毒。还有，我吃不惯兰州的东西。你别看我胖了，其实这兰州拉面，都把我的胃口吃坏了。哪有我们这里的小饭店落味，弄点小海鲜，弄点螺蛳，喝两口酒，做梦都想。

我喝了口酒，想了想，说，阿良，要不我跟你干吧。

好啊，你要跟我一起干，那还有什么可说的？可你老婆会答应吗，她不是一直不同意让你干漆活儿吗？

我笑笑，不会的。如果家里没米下锅，杀人放火她也会同意的。

阿良一愣，大笑起来，拿起啤酒跟我碰杯。我将杯中的酒一饮而尽，耳边还在回响我刚才那句话。我那句话什么意思，我在指责秀珍吗？这一刻，我有些慌张，似乎那样的话一直都藏在我的嘴边，突然一个不小心，它就滑了出来。

几天后，阿良便打电话给我，说自己接到了一个活儿，是个套间，一百五十平米。工钱一百五十元一天，问我去不去，如果我去，他就不找别人了。我应了。但我没跟秀珍说自己是去干漆活儿了。秀珍不肯让我干刷漆的活儿。她总说漆太毒。

出门时，我告诉秀珍，有个公司在招人，让我去面试一下。秀珍应了，我走到门口，她又叮嘱了一句，你不要着急。我忽然觉得有些厌烦，她为什么总是说这句话，有什么意义吗？难道我可以不去找工作，每天坐在家里坐吃山空吗？

那个小区很大，很漂亮。似乎到处都铺着草坪，草坪上种着我从没见过的树。在主人家的房子前，还有一个人造的池塘，池塘上有喷泉。阿良告诉我，到了晚上，这个池塘里还会放音乐，然后那个喷泉就会跟着音乐跳舞。阿良还说，像这样的小区，现在每平米要卖到一万五千元以上。

这价格让我感到绝望。我突然想起了我曾经为方长算过的那笔账，那时，我打算着每年给他存上五万，这样，等到他二十岁的时候，他就可以拥有一百万。他可以用这一百万去买房，买车，娶老婆。可现在，我却为自己的这个打算难为情。一百万，连一百平米的房子都买不了。

上午，我和阿良去油漆店买了刷子、砂纸、腻子、涂料。我还专门让他买了两件蓝色的大褂，还跟油漆店的老板要了一堆报纸。干活儿前，我仔细地穿上大褂，然后用报纸折成帽子，戴到头上，这样，回家时，身上就不会有那些脏污的腻子和漆水了。

第一天的活儿，是在水泥墙上打腻子。活儿简单，将腻子用水调好，均匀地刮在水泥墙上。刮好腻子，再用砂纸打磨平整，就可以上油漆了。

可能是太久没干这活儿了，刚上手时，手有些生，我将腻子打得太薄了，我只得重新调了厚薄。第二次，我就上了手。对我来说，这些都曾是再熟练不过的活儿了。我十六岁初中毕业后，就跟着我的师傅学手艺。之后，我就跟着他到处做漆活儿。秀珍便是在做漆活儿的时候认识的，那个时候，我二十三岁。后来，我们就结婚了，再后来我的师傅就得肺癌死了。师傅死后，我就再没有做过油漆匠，因为秀珍认定我师傅是被油漆毒死的，她不想我重蹈他的覆辙。她是为我好，我听她的。

第一天的活儿干下来，我的整条右臂几乎抬不起来。这一天，我只刮了一面墙，好久没干了，有些吃不消。做油漆，最累的就是手臂，因为它要整天抬举着。我想，这也是年岁逐渐大了的缘故。年轻时，我就从来不会觉得手臂酸痛。

回家时，秀珍已经开始做晚饭了。她问我，工作谈得怎么样了，怎么这么晚才回？我摇了摇头，说，人家没要我。路上遇见一个朋友，就在外面多坐了会儿。

大囡坐在门口的板凳上写作业，我就点了根香烟，坐在旁边看着。大囡是个乖孩子，念书也用功，成绩一直都很好。秀珍总说，大囡从来都不用她操心，要是以后二囡和方长也能像大囡这样，就省心了。

大囡做完了作业，就扭过头来看我，看了一会儿，突然问，爸爸，你以后真不会离开我们了吧？我心里一紧，摸了摸她的后脑勺，笑着点了点头。我都记不清这问题她已经问了我多少遍了。

我抬起头，无聊地看着院子上空。院子上空，有一块狭窄的天光。这天光中漂浮着一些半透明的物质，我不知道那是云还是别的什么，蓝色的天空就在这半透明的东西后边若隐若现，我长时间地看着，企图让自己的眼光穿过这半透明的物质。我觉得那天光后面似乎隐藏了什么，它就躲在那里，平静而悲悯地看着院子里的我。

刷墙，刮一道腻子是不够的，不够厚，没办法打磨。刮完一道，得等它干了，然后再刮第二道、第三道。刮过三道，这厚厚的腻子才能相互咬住，牢牢地贴在墙壁上。这是一个枯燥乏味的工作，单调的刮抹动作，会让时间变得异常漫长而艰难。

印象中，以前当油漆匠时，似乎并没这么枯燥。我记着自己赚到第一笔钱时，便去镇上的供销大楼买了一个日本产的随身听。那时候，我会一天到晚将耳塞塞在耳朵里，听谭咏麟、王杰、张雨生。听得熟了，我还会跟着唱。我唱得很认真，似乎耳塞里的歌声是我嘴里发出的，而手里握着的也不是油刷，而是一个麦克风。那时，我师傅总羡慕我，说我是十六七岁，无心无事。

我想，虽然现在不能像十六七岁一样，再去买个随身听塞到耳朵里，起码也得想办法将时间打发过去。或许，这是我今后一辈子的职业了，没有一个好方法，那么漫长的刷漆生涯该怎么熬过去啊？

于是，我开始试着在刷墙的时候唱歌，但唱了没几句，我就卡住了。我已经太长时间没有唱过那些歌了，似乎它们已经在我记忆里被清除了。很快，我又想到了另一个办法。我不是会念经吗？我可以边念经边打发时间啊。

就这样，刷墙的时候，我开始念楞严咒、念心经。让我觉得意外的是，当那些经文从我口中念出时，墙上的那些腻子似乎也流动了起来，它们不再是涂料，而是作画用的朱砂、石青、藤黄。而我也不是在一个套间的墙上刷油漆，而是躲在一个藏经洞里，画达摩面壁、画鱼篮观音。就这样，我在佛经的诵念声中，变成了一名画师。没有时间，也没有空间，只有我一个人，对着一面墙壁虔诚地作画。

刷完墙，我将铲子放回桶里，然后坐在地上愉快地点了一根香烟。奇怪的是，干了这半天活儿，我却丝毫不觉得累。我用力吸一口烟，又用力吐出来，然后我就眯着眼睛躲在烟雾后面，像欣赏一幅壁画一样地端详着眼前的这面墙。

阿良从另一个房间走了过来，伸手摸了摸墙上的腻子。

方泉，这手艺可一点没落下啊。

我笑笑，这算什么手艺。

可以的，你看这墙面刮的，卡尺卡过一样。哎，对了，你刚才在唱什么啊？

我一愣，我不知道啊，可能随口乱哼的吧。

阿良疑惑地说，我怎么听上去像是在念经啊？

我笑笑，怎么可能，我又不是和尚，怎么会念经？

这一天，从那个小区离开时，我觉得心情特别愉快。我都想不起来自己有多久没有这么愉快轻松的感觉了。我觉得自己就像一个孩子，得到了一件梦寐以求的礼物一般，恨不得向所有人展示我的快乐。

我骑着电瓶车骑过桃源路，骑过兴宁桥，再拐一个弯，刚要骑进出租房附近的那个巷弄时，我突然将车停了下来。看着那个狭窄而又拥挤的巷弄口，我的心情瞬间低沉了下来。我意识到，自己的这种愉快是多么的不堪一击。现在，我要回的那个地方，并没有佛经，也没有菩萨，那里只是一间普通得不能再普通的出租房。

我有些失落，我忽然觉得自己是那么地想念山前寺。

进了门，孩子们正躲在房间里玩一种我看不懂的纸片游戏，没人搭理我。我搬出条凳子，坐在门口。我点了根香烟，又看见了头顶上的那片天光。让我觉得诧异的是，这天光似乎和昨天看到的一模一样。我抽着烟，认真地仰头看着。我真想这天光能被我看穿，露出一个缝隙，让我知道它后面到底隐藏着什么。

在看什么呢？

我一愣，原来是秀珍站到了我的面前。她用围裙擦着手。

我笑笑，没看什么。

秀珍也笑，她拿出条椅子，在我身旁坐下。

对了，方泉，你这几天工作找的怎么样了？

还没找好，你知道，现在活儿不好找。

秀珍看了我一眼，低头想了想，问道，方泉，你是不是在外面做油漆匠啊？

秀珍怎么知道了？我愣了愣，没应声。

我看见你换洗的衣服上沾着东西，我知道那是刮墙的腻子。

我低下头，又点了根香烟。我依旧一言不发。

其实，我也知道找工作不容易。我只是担心，油漆总是毒的。

我笑了笑，放心吧，现在的油漆跟以前不一样了，都是环保的，不会有毒的。

秀珍看着我，笑了笑，那就好。她起身走回灶台前，似乎发了一会儿愣，突然，她转过身。

方泉，你是不是还想回那个寺庙？

我怔了怔，看了看头顶的那片天光。

我说，怎么会呢？

27

　　周郁给我打电话时,用的是一个新号码。可让我奇怪的是,当我看见这个陌生号码时,我竟然第一时间就猜到了她。

　　周郁说自己回来了,问我在不在寺庙里。我说我不在。周郁说,那一起出来喝个茶吧。我想了想,说,今天没空,等明天吧。

　　我这是推托之词,我并没有忙到不可开交的地步。周郁打来电话时,我正在那个套房里干着漆活儿,我可不想就这么一身油漆的去见她,而且,似乎一时之间我还接受不了她回来的现实,我得过上一晚才能平复这种情绪。

　　晚上,很晚的时候,我还待在卫生间里。吃晚饭时,天便开始下雨了,雨水从屋檐掉下来,滴滴答答地响。我站在镜子前,看见镜子里的自己头发已经长长了,像野草一样,杂乱而且茂密。胡子也好几天没有刮了,它在我的上唇和下巴上胡乱地生长着,似乎是和我的头发比赛着浓密。看上去,我显得疲惫不堪,十足一副倒霉邋遢的中年男人形象。我突然想,这么些天不见,周郁又会变成什么样子呢?

我到茶馆的时候，似乎是来得早了一些。周郁还没有到，我一个人坐在沙发上，不停地看着门口。我发现自己似乎有些紧张。

大概过了十来分钟，周郁终于来了。她穿着一身深蓝色的套装，戴着一副金框的墨镜，看上去就像个明星一样。她出现的那一刻，我几乎都有点认不出她了。可以肯定的是，她过得不错，因为她又恢复了以前的那种神采，甚至，比以前还要好。

周郁坐在我面前，摘下眼镜，然后从随身携带的包里取出厚厚一包东西，放在我前面。

喏，这是还你的钱。

我一愣，原来这里面包的是钱，看这厚薄，应该有五万左右。我推辞道，这个真不用了，你帮过我那么多忙，这些钱本来就应该给你的。

周郁却不肯收回，一定要我收下，她说帮忙和还钱是两码事情。没办法，我便打开包，从中取出两万。我说，真要还，那我也只能拿两万。周郁看着我，笑笑，没再坚持，将剩下的钱收了回去。

我们两个点了茶，坐着聊了会儿天。我很想知道，这段时间周郁到底去了哪里，做了什么。可是，她却连半句都没提及，只是问我寺里情况怎么样，家里是不是都好，都是些官面话。她不说，我也不好问，也有一搭没一搭地应着。

再坐一会儿，周郁突然说，带我去你寺里看看吧，我想去拜

235

拜菩萨，好久没去了。

我愣了一愣，或许我应该告诉她自己已经不在那个寺庙了，但犹豫了一下，还是没有说出口。

周郁开着车，带着我去了山前寺。可能是许久没有回来的缘故，当我推开寺门的那一刹那，我竟有些久别重逢的伤感。

周郁在四处走了走，有些困惑地说，怎么变得这么脏，你平时不打扫吗？

其实我也是好久没来这里了。

听了我的话，周郁一愣，这时，她才注意到我的头发。

什么意思啊？

我不想再做这一行了。

为什么？

我也说不清楚。总之，这一行不是适合我的出路。

周郁看着我，不置可否地笑笑。此时，我们正好走到观音殿的门口，她走进去，拜了拜菩萨。拜完了，她还像以前一样，往功德箱里放下一千元钱。

出了观音殿，周郁还不想离开，她说自己想到山上再去转转，于是我便又陪着她上山。让我感到意外的是，一阵子没来了，抬头看去，山上竟满山遍野都是杜鹃花，红艳艳地盛开，一簇又一簇，都有些耀眼了。

我和周郁沿着山路往山上走，因为昨夜下过雨，山路有些泥泞，周郁又穿了高跟鞋，走起路来，一摇一晃，十分不便。于是，遇到坡度大的路，我便伸手牵她。她的手上有一种很舒服的润滑感觉，应该是抹了什么东西。松手时，我将自己的手偷偷地放在鼻子下闻，真香。这香味让我觉得有些心慌，又似乎有些贪恋。

终于，我们走到了山顶。周郁也顾不得脏，一屁股坐在山顶一块圆圆的卵石上，大口大口地喘着粗气。她神情满足地朝四处张望着。

真好，这山顶的空气，闻起来都是甜的。

我也在一旁坐下，我抱着膝盖，看着山下的寺庙。此时，在宽广的山谷的映衬下，山前寺显得愈发的狭小了，小的就像一个发育不良的孩子，令人伤感。

你有没有想过将寺庙建得大一点。周郁突然问道。

我点了点头，以前想过的。

那你说说看，那时你想建一个什么样的寺庙？

被周郁一问，我似乎来了兴致，你看，这山谷像不像一个宝瓶？像吧，我觉得这个瓶就是观音大士手中拿的那个净水瓶。这么天造地设的一个地方，我想应该将它打造成像普陀山那么有名的观音道场。随后，我用手指着山谷的一侧，你看，从这里开始，到那个地方，我全部要打上围墙。原先的那个寺庙，全部拆掉，把土方夯高，在上面建三座大殿。再往下一些，喏，就在那里，我还要建三座大殿。大殿的两边，我要建厢房。厢房要建得好，就像宾馆一样，外面的僧众和香客来了，都住那里面去。我还要建一个四合院给我自己住，喏，就在那里。我指了指寺后面的那片竹林，我要将那里造出一个顶好顶好的四合院。

听到此处，周郁似乎怔了一下，很快，我便明白她为什么发怔，因为我描述的寺庙竟然跟阿宏叔规划的那个寺庙几乎一样。想到这里，我的心情突然变得糟糕了，我想起了那件事情，想起了长了师父跟我说的那些话。我不再说话，低头拨弄着身前的一根野草。

我觉得自己有些怪异，竟然和周郁说这些不着边际的打算。事实上，这样的梦想早已真实地远离了我。对我来说，这一切，只不过是扰人的虚妄景象。

如果我做你的护法，你还愿意重建寺庙吗？周郁突然开口问了一句。

我愣住了，周郁要做我的护法，我没听错吧？

你愿意吗？周郁又问了一句。

我没回答她的问题，反而开口问道，其实，我一直想问你个问题。

周郁看着我，笑眯眯地说，行啊，你问吧。

那个，你是阿宏叔的护法吗？

周郁似乎对我的问题丝毫没有意外，仍是挂着笑容，点了点头。我又问道，那你能不能告诉我，既然你是阿宏叔的护法，为什么还要帮我？

周郁笑眯眯地看着我，你想听实话吗？

我点了点头。

周郁说，我挺喜欢你的。我一愣，赶紧低下头，我觉得脸有些发烫。周郁便笑起来，哈哈，广净师父脸皮还挺薄啊。好吧，我跟你开玩笑呢。其实，怎么说呢，也算是缘分吧。其实，你第一次碰到我的时候，我就已经打算好不在那里做护法了。

我一愣，为什么？

你还记不记得我以前跟你说过我的一个朋友，上海的，我带她认识了守元师父，她特别喜欢听他念经。

我点了点头。

我这个人，有时心肠简单的，总是容易相信别人。那时，我刚离了婚，不知怎么就跟守元师父走到了一起。后来，在很长的一段时间里，我一直以为我是守元师父的唯一一个护法，我全身心帮他去拉佛节，说句不好听的，我把他当成了自己的丈夫一样。可后来，我突然发现，原来我那个朋友也是守元师父的护法，我就觉得特别难受。可能对很多人来说，这样的事情她们可以接受，但我不能，我觉得我要对一个人好，我就会全部对他好，反过来，他也必须这样对我。周郁看着我，你明白我的意思吗？

我点了点头，那为什么你又愿意帮我呢？

周郁说，你不是帮我摘过橙子了吗？当时我就说了，我会还你这个人情的。

我知道她在开玩笑，就笑。

其实我也说不清。第一次在宝珠寺看见你，我就感觉你是个好人。当然，跟摘橙子没有关系，我说不清楚，反正我就记住你了。后来，又去你庙里，几次接触下来，我发现我的判断没错，你不贪心，你还敬畏神明，我喜欢和这样的人打交道。不管怎样，做一个出家人，这是应有的底线。而且，你还对你的妻子好，对你的孩子好，能对家里人好的人，对别人肯定也错不了。所以，后来，我也真心愿意帮你。周郁顿了一顿，不过，你运气不好，本来那时我就可以帮你将寺庙扩建起来，可是，我的会堂出了事情，接连几个会脚标了会，都跑路了，卷走了几百万。这一来，我一下子被抽空了。那一阵，我把房子、汽车，所有的东西都抵押出去了，可还是欠了很多钱。我跟你说实话，最倒霉的时候，我曾经去找过守元，可他却一口拒绝了我，他说他没有钱。我当时很难受，特别难受，我曾经帮他拉来过那么多的佛节，从来就没有拿过一分钱好处，可到了我落难时，他却不肯帮我，一点人情味都没有，冷冰冰的，就像什么都没发生过一样。

听到这里，我忽然想起那次佛事的事情。我暗自猜想，阿宏叔那样做，会不会是因为周郁帮我介绍了马老大的缘故？我突然有些惭愧，如果没有这样的事，或许阿宏叔会帮周郁的。

说到最糟糕的那段经历，周郁的神情顿时变得沮丧起来。

那时，我都不知道自己过的是什么日子，每天被人追着屁股要债。最后，实在没办法，我只能出门。可那时，我身上一点钱也没有，最后，也不知道自己脑子里哪根筋搭错了，竟然跑来寻你。更让我没想到的是，你真伸手帮了我。我一辈子都不会忘记，在我落难时，唯一肯真心帮我的，只有你一个。所以，我出去的时候，我就想好了，只要我能缓过这口气，我一定回来，我要做你的护法，把你的寺庙建得比守元还要好。

周郁认真地看着我，说，广净师父，将寺庙重新打理起来吧，我来帮你。

听了周郁的话，我感到自己的心怦怦直跳。我用力闭了闭眼睛，偷偷地用手掐自己的虎口，我生怕自己动了心，一张嘴就给应了下来。

谢谢你，可是，我已经在外面找了份工作。要不是你来，我都想好再也不回这山前寺了。

周郁没说话，拿出了香烟，点了一根，看着山谷间的寺庙，慢慢地抽。

你真舍得扔下这里？

我怔了怔，摇了摇头，我不知道，也许是我能力不够，或者是我没有佛缘，我也说不清楚，反正，这一行我不打算再干了。

周郁盯着我，说，你说的不是真心话，其实你知道你是适合的，只要你心里愿意。

我避开了周郁的眼神，不再说话。周郁俯身摸了摸身前的一簇杜鹃花，广净师父，你能给我摘一朵吗？

我愣了一下，伸手帮她摘了一朵。

你帮我戴上吧。

说着，周郁就将头别过去，等着我给她戴上。我犹豫着，向她靠近。我觉得自己心跳得很厉害，似乎都要从胸口跳出来了。就在我的手要碰到她的头发时，我又迅速缩了回来。

我稳定了一下心绪，将杜鹃花递到了周郁手中。周郁睁开眼，怔了怔，顾自笑了。她站起身来，拍了拍屁股上的尘土。

行了，我们下山吧。

我也起身，我还从旁边给她折了一截树枝，下山时，她可以拿这树枝当拐棍，那样，我就不用牵着她了。

我没有坐周郁的车，自己走回了家。

走到家里时，天已经漆黑了。

秀珍问我，怎么这么晚回来？吃饭了吗？

我有些心虚，说，和朋友一起在外面吃了。

秀珍看了我一阵，出什么事情了吗？

我用力摇头，没有啊，怎么这么问？

秀珍怪怪地看了我一眼，早点休息吧，明天还要出门干活儿呢。

躺在床上，很晚，我都无法入睡，始终有一种说不清的东西在我脑子里边转。我必须得承认，我动心了。当我面对那个山谷，认真地跟周郁描绘我脑中那个金碧辉煌的寺庙时，我真切地感受到自己已经动心了。

我不知道周郁怎么又变得有钱了，但我知道她一定能帮我将那个寺庙建起来。可是，我怎么可能那样做？如果要重建那么大一个寺庙，我就要成为这个寺庙的法人，要成为寺庙的法人，我就必须受戒，成为一个真正的出家人。我知道这意味着什么。我有些害怕，我怎么能动心呢，难道我愿意为了那个寺庙舍弃秀珍和孩子们？

我用力给了自己一个耳光，我在心里用最恶毒的字眼反复地咒骂自己，我得让自己明白，一切都是虚妄，只有躺在我身边的秀珍，还有那三个孩子，才是我真正该拥有的一切。

就这样，折腾了一夜。等到第二天一早，我的情绪似乎才好了一些，于是，我便又赶着去那个小区做剩下的漆活儿。

现在，墙上的腻子已经硬了，可以用砂纸打磨了。我站在墙前，将砂纸砥在墙上用力地摩擦。灰扑扑的粉尘在房间里飞扬，像灰烬一样落在我的身体上。我眯起了眼睛，尽管戴了口罩，但并不能完全阻挡那些微小的颗粒穿过它的缝隙，抵达我的肺部。我觉得难受，但这难受并不让我痛苦，反而这种肉体上的惩罚能分散我心里的某些东西。

阿良问我，方泉，你今天怎么不唱了，前两天你唱得不是挺好的。

我笑笑，没应声。阿良不懂，那不是唱，而是念诵。但我不能再诵经了，我怕那样会让我心底的那些欲望再次浮现出来。我需要时刻让自己清醒，我本就不是一个僧人，那些佛经根本与我无关。我也不能把自己幻想成一个在藏经洞里画画的画师，那样的幻想看上去实在是可笑，我只是一个油漆匠，我干的是漆活儿，不是画画，每天拿一百五十元工资，仅此而已。

就这样，我每日里早出晚归，寡言少语，只顾用工作将自己封闭起来。甚至，我希望能在自己身体上罩一个玻璃罩，将空气也隔绝了。这样我就不会接触到外面的世界，不会再有东西干扰到我了。

这天上午，整个房间的漆活儿终于都完成了。我和阿良两个人将房间里的油漆罐子以及各种垃圾全部收拾妥当，然后将房子清扫一遍。一切收拾完毕，我和阿良便拿着东西出了门，我站在门口，最后看了一眼雪白的房间，将门关上了。

中午，我跟阿良一起吃饭。吃饭的当口，阿良跟我结了结漆活儿的账。阿良说，油漆活儿一共是做了十五天，我的工钱是两千二百五十元。此外，阿良还另外给了我三百元。他说这不是工钱，是油漆店的老板给的。我明白，这是买油漆的回扣。我挺感谢阿良，他是一个讲义气的朋友。

吃完了饭，我就回了家，秀珍问我今天怎么回来得这么早？我将钱递给秀珍，说活儿干完了。随后，我就坐到了门口，点了根香烟。我将头微微向后倾倒，靠在墙上。我看着院子顶上的那片天。似乎要下雨了，头顶的这片天空，云层厚而黑。我坐在那里，看得入神，一动不动。

突然，我发现了秀珍，她站在一旁看着我。我不知道她站在那里看了我多久，当我看见她的时候，她丝毫没有躲避我的目光，反倒迎上来，意味深长地注视着我。

28

周郁问我，能不能陪她去趟上海。

我说，去上海做什么？

周郁说，你不要问，就陪我去一次，行吗？

我在电话这边犹豫，周郁又说，就陪我去一次吧。你不是总说欠我人情吗，现在你就当还了这个人情好了。

第二天一早，周郁开车来接我。我坐在车上，不知道周郁究竟要带我去上海做什么，我没问。呵，有什么好问的，难道还怕把我带去卖了不成？

一路上，我几乎没有开口，周郁话也极少。我坐在车上，脑中始终回想着那天在山上的场景。这场景让我感觉自己和周郁的关系似乎变得有些微妙。

我从来没去过上海，在我印象里，那是一个无比遥远的地方。从小到大，我去的最远的地方就是宁波。去过两次，一次是小的时候，父亲带我坐车去看一位很久没有联系过的远亲。我记得那天正好是中秋节，我的这位远亲为了招待我们，特地拿了月饼给我们吃。他拿着一把水果刀，将一块巴掌大的广月切成了四份。我看见父亲的手显得很笨拙，几乎拿不住那块三角形的月饼。这是我长这么大，第一次吃那么小的月饼。后来，我们就再也没有去过那位远亲家。还有一次，就是秀珍去宁波照 B 超。想起这件事，我心里总会有些伤感。那个站台上的场景，充满了生死离别的意味。

我安静地坐在副驾驶座上，想着往事，车子就开出了小城，开过了宁波，开上了跨海大桥。

当车子开上跨海大桥的时候，我似乎从回忆中挣脱了出来，我不由自主地坐正了身体。我发现了一件奇怪的事，这座大桥居然是造在海平面上。这个发现让车里的我顿时生出一种特别渺小的感觉。而这种渺小并非是在大自然面前的渺小，我原来以为，我所居住的那个小城和上海杭州这样的城市已经没什么两样了，可当周郁的轿车行驶在海中央时，我突然发现自己以前对好生活的想象是那么的贫瘠。

后来，我就睡着了。我也不知道自己睡了多久，当周郁将我叫醒时，车子已经到了上海。我们到了一家宾馆里头。宾馆很豪华，一走进那个旋转的玻璃门，我便感觉眼前一阵的眼花缭乱，似乎到处都是亮闪闪的光。光里头，人来人往，这些人，大多衣着光鲜，步履匆忙，从我眼前经过时，似乎每个人的脸上都挂着那种高高在上的神情。

周郁在前台登记，我就孤零零地躲在大堂的一旁。不知为什么，我突然很想回家，此刻，在跨海大桥上的那种震撼、羞耻、渺小的感觉，又重新浮上了我的脑海。

办好了手续，周郁便带着我去房间。整个过程，我始终没有开口说一句话，我只是紧紧地跟着周郁，就像一个孩子一样，生怕自己跟丢了。

周郁帮我将房卡插在取电器里，她叮嘱我，她的房间就在隔壁，有什么事就叫她。

我关上了门，将身体靠在门背上，长长地松出一口气。此刻，我才觉得心里放松了一点，似乎整个世界都被这扇门挡在了门外。

我躺倒在雪一样洁白柔软的床单上，想不明白周郁为什么要带我来上海。难道就是让我体会这上等人的生活吗？难道这样就能让我动心？

我觉得周郁根本就不了解我。

周郁敲门，说要带我去个地方，让我取了房卡跟她走。

我不知道周郁要带我去哪里，我有些忐忑地跟在她身后，走过楼道，进了电梯，然后又到了地下室。

和宾馆的房间相比，地下室又是另外一番景象。一进去，便能闻见一股舒服的沉香味道，虽然是地下室，但里面却布置得极为精致，就像一个缩小的园林。有小桥流水，还有一间茅草房子，一些从未见过的树木被种在大花盆里，郁郁葱葱的。

周郁跟一个服务员说了些什么，服务员就笑容满面地将我带进一个小房间里。房间不大，十个平米左右。有音乐在其中若隐若无地盘旋。四壁都镶嵌着淡色的大理石，在暖调灯光的映衬下，透着沉静素雅的光泽。而在房间正中，有一张铺着白色床单的床。

我坐在床沿上，觉得有些奇怪，这里也是客房吗？为什么要到这个地方来，不是已经开了一个房间了吗？我想不明白，心里微微有些紧张。

过了一会儿，有人敲门，进来一个年轻漂亮的女人。她站在门口，微笑着向我鞠了个躬。就在这时，我突然想到了什么，我顿时慌张了起来，脑子一阵发热，迅速地起身，从门口跑了出去。

我慌张地跑到外面，看见周郁正好站在那里跟服务员说着什么。周郁看见我，有些奇怪。

你怎么了？

我用力摇了摇头，说，我不行，我知道这种地方。我还有老婆的，我不能这样。

周郁愣了一下，但她很快明白了我的意思，她掩着嘴笑。

你想什么呢，我怎么会带你去那种地方？你完全给搞错了，这个地方就是纯粹做 SPA 的，做脸部和身体的皮肤护理，不是你想的那种。

听了周郁的解释，我似乎放下了些心，但我还是迷惑，我一个大男人跑这里来做什么皮肤护理？

周郁仿佛看穿了我的心思，笑着说，到时你就知道了，赶紧进去吧。我在这里等你。

我重新进了房间，按摩师在房间里又换了一种更好闻的香。她让我洗了澡，换上他们这里崭新的浴衣。然后，她就让我趴在床上，自己则坐在我的头附近，给我按摩。我还是觉得有些心慌，为了定神，我开始在心中默念楞严咒。

也不知道过了多久，按摩师终于帮我做完了整套流程。说实话，这个护理还是很舒服的，从床上坐起来时，我觉得整个人就如同通透了一般。

回到房间不久，周郁便又来敲门。她给我带了一套素灰色的僧衣，还有一支脱烟渍的牙膏。

周郁说，你平时抽烟，用这牙膏多刷两遍，就不会有烟渍了。还有，卫生间里有剃须刀，你将头也刮一遍。刮好头，你就把这套僧衣换上。

我有些茫然地看着周郁，不明白她究竟是要做什么。

周郁看着我，笑了笑，你放心吧，我不会害你。你就再听我这一次，最后一次。

就这样，我在卫生间里将头发刮干净，又刷了牙。随后，我换上了那套灰色的僧衣。站在镜子前面，我用手擦去玻璃上的水汽，然后我就看见了镜子里的那个人。这个人看上去是这么的年轻、洁净、通透。我觉得心里有些感动，说实话，我从来没有见过这样的自己。

到了六点左右，周郁来叫我吃饭。我打开门时，她似乎也有些吃惊。从上到下地打量着我，弄得我都有些手足无措。周郁笑眯眯地说，走吧。

就这样，我穿着僧衣，跟着周郁从酒店的过道上走过。事实上，我已经很多日子没有穿过僧衣了，都有些不习惯了，似乎生怕别人注意到我。周郁走在我旁边，倒是没有一丁点儿的拘谨，她显得很自信，还不时转过头来看我。不难感觉出来，周郁对我的这副模样很满意。

我们坐着电梯到了二楼，又穿过一条过道。此时，我看见了眼前的两扇门，这两扇门都是实木的，刷着深漆，看上去宽大、厚实。门的中间，还镶嵌着两条金灿灿的长条扶手。周郁走过去，用手抓住一只扶手，转身微笑地看着我。随后，她向我点了点头，用力地将门推开。

门被推开的一瞬，屋里的光就像洪水一样从门里倾泻了出来。我站在那里，眼睛似乎被门里的光线给晃了一下，稍稍发了会儿愣。定下神来，这才发现门的后面原来是一个大堂，摆着十几张圆桌子。桌边坐着人，见了我，所有的人都站立起来，面向我，双手合十，纷纷作揖。

我的大脑突然变得空白，身体微微颤栗，就像滑过一道电流，皮肤上的汗毛孔在瞬间被打开。我搞不清楚眼前究竟是怎么一回事，我已经完全懵了。甚至，我还有些恐慌，就如同陷入了一场巨大的阴谋。

周郁做着手势，将我往最前面的一张主桌上领。我慢慢走着，似乎每一脚都像踩在云朵里，丝毫感觉不出轻重。我慢慢地走，所有在场的人的目光就随着我的身体慢慢移动。这些柔和的目光充满了善意、崇拜，似乎还带着某种诉求。我不知道该怎么描述，似乎他们的身体站立着，可他们的目光却是匍匐在地上的。

　　让我觉得诧异的是，走到桌子边，我的内心突然就平静了下来，似乎我心底已经开始享受这种匍匐在地的虔诚了。我从未有过这种感受。我站在桌边，冲着众人微笑，还伸出手做了个让大家坐下的手势。可众人却不肯坐，我听见有个人喊了一声，师父先坐。随后便有很多人跟着喊，请师父先坐。于是，我便撩着僧衣坐了下来。我坐在椅子上，又朝着众人做了个手势，这时，众人才纷纷坐下。

　　这一晚，我见到了我这一生所见过的最好的素斋，精致无比。但我却丝毫没有记住它们的味道。我的身体始终被一种高贵、准确的情绪支撑着，这种情绪超出了我以往的所有经验。甚至，它还超出了我的想象。

　　吃饭时，不断有人离席，走到我面前。他们努力地弯曲着身体，似乎这样能让他们显得更矮，更谦恭。这些人不停地向我提出各种问题，似乎我的头脑里隐藏着他们所有人生的答案，我的手里掌握着他们的命运。还有一些人走过来后，什么也不说，只是低下头颅，就为了让我摸一下他的头。

在这些来往的人中，我还见到了上次周郁曾带到山前寺过的陈阿姨。她拉着我的手，连连称我是活菩萨，她说正是因为我帮她儿子解了孽障，模具生意才一天天的好了起来。她承诺，过段时间，她一定要带儿子来我那里打一堂水陆。

我的耳边充满了赞美，不停有人喊我活菩萨，说我不仅长了一副菩萨的面孔，连身上都有不一样的香味。众人就这样毫不吝啬地赞美着我，这些赞美很纯粹，没有丝毫的虚假，我能感觉得出来。而我，也完全地沉醉在了这种赞美声之中。

我必须得承认，这是我这一生中最美好的一刻。

第二天，周郁便开着车，带我离开了上海。

一路上，周郁仍是没有说话，她没跟我说为什么带我来上海，也没有跟我解释昨晚的那场斋饭。她就这样认真地握着方向盘，神情平静，就像什么也没有发生过。

下了高速，周郁问我要去哪里。我想了想，我说，你送我去山前寺吧。就这样，周郁送我回了山前寺，顾自走了。我在寺院的那棵桂花树下独自待了一会儿，似乎想做些什么，又不知道有什么可做。

晚上，我始终紧紧地搂着秀珍，却一言不发。秀珍也察觉出了我的举动有些怪异。她问我怎么了？我说没怎么，就想抱抱你。

从上海回来，我就如同生了一场大病，整天浑浑噩噩，毫无生气。其间，阿良曾给我打了个电话，他告诉我自己又接了一个新活儿，问我有没有兴趣一起。我在电话里婉拒了，我能感觉出阿良在电话那头的诧异，但他并没有多说什么。

每天，我都不出门。我坐在门口，总是看院子顶上的那片天空。看着天亮了，暗了，云厚了，薄了。我的一切，秀珍都看在眼里。她显得很担心，几次问我是不是身体不舒服？她甚至担心是不是做了油漆活儿的缘故？我笑着摇摇头，我没事。

这天晚上，我在半夜醒来。醒来后，我就小心地起了床。我推开门，坐到门口的小凳子上。我仰着头，疲倦地朝着天空吐着烟圈。从上海回来后，每天我都觉得疲惫，就像身体里的力气被完全给抽空了一样。其实，我心里明白，我被抽空的，并不是力气。

我就那样仰着头，看着头顶那片微微泛着蓝光的天空。看着看着，似乎这天空被打开了，我看见了一座山，我看见周郁坐在开满了杜鹃花的山顶。

你以后的寺庙应该建在那个地方，三排大殿。前面又是三排。

周郁的手指着山谷，在空气中慢慢滑动，我的目光也慢慢地顺着她的手指移动。周郁的手指就像一支画笔，在空气中为我画出了一张绚烂无比的蓝图。

我在心底长长地叹了口气，我掏出手机，给周郁发了个信息，你能不能借我三十万，我想留给秀珍。

过了一会儿，周郁将短信发了回来。

好。

29

　　吃过午饭，我跟大囡说，大囡，下午你就在家带弟弟妹妹，好不好？爸爸和妈妈有事要出去一下。秀珍奇怪地看了我一眼，说，去哪里？我说，你别问，到时就知道了。大囡看着我和秀珍，像是猜到了什么似的，她会心地笑着，放心吧，爸爸，你就带妈妈去吧。我会带好弟弟妹妹的。

　　我骑着电瓶车，载着秀珍出门。秀珍坐在我身后，用力地搂着我。她不停地问我，我们究竟是去哪里啊？而我则总是笑着回答她，等到了你就知道了。

　　我骑了一路，最后将电瓶车停在了山前寺的门口。我对秀珍说，秀珍，这就是我做当家的地方，山前寺，你还从来没来过呢。秀珍愣了愣，看了看寺庙，又看了看我，显得有些不知所措。

　　我推开门，领着秀珍进了寺庙。我说，我先带你参观一下吧。秀珍点了点头。

　　我带着秀珍去了厨房，去了禅房，还带她去了我楼上睡觉的地方。自始至终，秀珍都没有开口说一句话，她似乎察觉到了什么，因为我看见她的神情正在慢慢变得严肃起来。

最后，参观完了寺庙，我说，我再带你去山上走走吧。

秀珍平静地说，好。

于是，我又带秀珍沿着山路往山上走。上山的时候，我一直牵着她的手，我都记不起来，自己上次牵秀珍的手是什么时候了。等到了山顶，我松开手，发现手心里全是汗，我不知道这汗是自己的，还是秀珍的。

我站在山顶，指着山谷里那块巨大的空地，秀珍，你看见了吗？这个山谷里的这块空地像不像一个净水瓶？我告诉你，我想把这些老房子全部拆了，然后我要在那里建三座大殿。三座大殿建好了，在前面，我还要再建三座大殿。然后，大殿左边，我要建一个钟楼，右边，再建一个鼓楼。大殿后边，我还要造一个放生池。山腰那里有一个水库，我要把水引过来，然后在放生池后面造一座石头墙，让水淌满整面墙壁。

我努力地描述着我想象中的那个寺庙，而秀珍，则站在我身边一语不发。她安静地听我说完，然后她便坐下，神情平静地看着山谷。我看着秀珍，想了想，弯腰采了一朵杜鹃花，帮她别在了头顶。秀珍扭头，冲我笑笑。

方泉，你真的那么想建这个寺庙吗？

我用力点了点头，是。

为什么？

秀珍，你知道吗，在你生下方长的前一晚，我曾许过一个愿。我说，如果我能生个儿子，我就会将自己皈依了佛祖。后

255

来，你就生了方长，但我却没有实现自己许的这个愿。再后来，你就摔倒了，动了那个手术。秀珍，你有没有想过，这一切是不是有些奇怪，就像有一种力量在左右着一样。如果不是那一跤，如果不是正好摔在手上，怎么能及时发现那个病呢？

说话的时候，我偷偷观察着秀珍，希望能看出她脸上有什么反应，这样，我就好及时调整说话的语气。但秀珍依旧平静。

对了秀珍，还有一件事，我从没跟你说过。你出院时，那个周医生跟我说过，你这个病只有两年内不复发，才能真正地脱离危险。可我担心我那个愿，之前的经历，就像是已经警告了我们一次，如果我再不去完成这个愿，我真不知道最终会发生些什么。秀珍，我不能让你承担这个风险，我不能失去你。

秀珍扭头看着我，那你想怎么样呢？

秀珍，我想过了，我得还这个愿。其实这也不是坏事，只要我能出了家，我就能获得执照，就能将这里建成一个大寺庙。如果是那样，我就能赚很多很多的钱，你和孩子们也能过上很好的生活。我顿了一顿，秀珍，你能明白我的意思吗？

秀珍看着我，笑了笑，我明白的。

看见秀珍的神情，我的心里稍稍放松了些，又继续说道，秀珍，你放心。我不会离开你和孩子们的。如果我们离婚，也是为了出家假离婚，我们始终还是一家人的。

秀珍打断了我的话，其实你不用说那么多的，我都明白了。

说完，她站起身，掸了掸身上的尘土。她将头上的那朵杜鹃摘下，用力地扔向了山谷。

对了，他们不是说和尚都有个法号吗，那你的法号叫什么啊？

我不知道秀珍为什么要问这个问题，我有些尴尬地说，我叫广净。

广净，呵，还真是个和尚的名字。不过，方泉，你真的是为了那个愿吗？

我有些心虚，但我还是用力点了点头。

秀珍叹了口气，唉，我现在都不知道该叫你方泉，还是该叫你广净师父了。

秀珍转过身，往山下走。她伸出手，轻轻地拂着山路边的那些野草。我站在山顶，看着山谷里那个破旧的寺庙，我听见山谷里有风，呜呜地响。

吃过晚饭，我独自出了门。我去了这个城市里最大的那个超市。我在进口商品的货架前，买了许许多多的进口食品、薯片、巧克力、橙汁，还有许许多多我都叫不上名字的零食。每拿一个零食，我都仔细看上面的日期，我得确保它们离保质期还有很长一段时间，才放心地放到推车上。

我拎着沉沉的两个大袋子回家。到家时，大囡正陪着弟弟妹妹在床上玩飞行棋。我偷偷地进去，将两个大袋子搁在了棋盘上。几个孩子稍稍一阵发愣，便手忙脚乱地打开塑料袋，一打开，便同时发出一阵的欢呼声。此时，秀珍正在卫生间里洗衣服，听见声音，也从里面走了出来。我见秀珍来了，便伸手张罗着，你们先别抢，来来，坐好，妈妈也坐下来。

秀珍看见这个场景，有些发愣，方长便拉着她坐到了床上。我将袋子里的零食全部倒在床上，然后平均一堆一堆分开。

好了，我们现在开始分东西了。这一堆是大囡的，这一堆是二囡的，这一堆是方长的。好了，剩下的那一堆是妈妈的。

大囡奇怪地看了我一眼，爸爸，那你的呢?

我笑了笑，爸爸不喜欢吃零食的，就不要了。

大囡看了看我，又看了看秀珍，她就重新将零食打乱，不行，我们五个人，就一定要分成五份的。随后，大囡便将床上的零食又仔细地分成了五份。我扭头看秀珍，秀珍抿着嘴，眼眶似乎有些湿润。

那时，秀珍在超市上班。对于家里的几个孩子来说，每个月最盼望的，便是秀珍发工资的那一天。因为那一天，秀珍总会带着她超市发给她的快过期的食品回来。每到这一天，秀珍总是愁眉苦脸的，她为超市扣了自己两百元钱而心疼。但对于孩子们来说，这一天无疑就是节日，他们就像过年一样，围坐在一起，认真地分配着秀珍从超市里拿回的那些快要过期的零食。

记得有一次，大囡二囡好容易盼到秀珍回来，抢着将她手中的塑料袋倒在床上，结果却她们失望不已。因为袋子里的不是零食，而是一堆日用品。

我问秀珍，你怎么没拿吃的东西？

秀珍有些不好意思地说，今天超市里发东西时，我看见还有这些。心想洗衣粉牙膏之类的，家里也用得着，就拿了这些来。

看到袋子里的东西，大囡和二囡都不高兴了。大囡倒还好，她是个懂事的孩子，尽管不情愿，也没多说什么。可二囡却不管不顾地哭闹了起来，要知道，她盼那些零食，都已经盼了一个月了。

我哄着二囡，二囡别哭，爸爸这就给你去买。

秀珍问我，都这么晚了，你上哪里去买？

我没理她，顾自出了门。我承认，那时我有些不高兴，我觉得秀珍不应该那样做。后来，我走了很远的路，终于找到了一个还亮着灯的小卖部。我走进去，赌气般地几乎将柜台上所有的零食都买了回来。回到家里，二囡看见一袋子零食，高兴得不行。她忙不迭地拆开一包薯片来吃。吃着吃着，她的嘴里突然蹦出了一句话，爸爸最好，妈妈最坏。那时，我看见秀珍的脸色变了一下，紧接着，她就进了洗手间，将门锁了。

不知道秀珍还记不记得这个事情。我看着秀珍，我想，她一定也知道我在看她。但她却不愿意扭过头来也看我一眼。从山前寺回来到现在，她都没有看过我一眼。我不怪她，我想，如果换做我，我也一定会这样。

很晚了，我还一个人待在卫生间里。

当三个孩子抱着零食酣然入睡时，我突然发现了一件事情，今晚我该睡在哪里，床上吗？我不知道。虽然，我和秀珍没有办任何手续，但是，我们之间好像已经不适合再睡在一起了。

秀珍倒似乎没注意这个事情，孩子们睡下后，她便也侧身躺下了。她显得很平静，平静得就像没有任何事发生一样。她还是这样，喜欢将所有的事情都藏在心里。看着秀珍的背影，我的心里有些伤感，一个曾经我最亲最亲的人，现在却似乎成了一个陌生人。

我只能待在卫生间里。

我坐到马桶盖上，将把那包已经发霉得很厉害的香烟再次找了出来。我躲在卫生间里，抽了一根又一根。房间里弥漫开一股难闻的味道，抽到最后，我的嘴巴几乎都失去了知觉。

我抽完了烟盒里所有的香烟，然后，我就将地上所有的烟头捡起来，扔进马桶，用水冲了。我看着那些烟头在水流的漩涡中挣扎一阵，便往更深的地方去了。

我蹑手蹑脚地走出了卫生间。秀珍躺在床上，依旧侧着身，似乎躺下后，她就再也没有动过。我站到架子床前，目光柔软地看着床上的三个小家伙。大囡睡在上铺，二囡和方长，则一起睡在下铺。三个人都抱着各自的零食，睡得十分香甜。

多么好的孩子，看着他们，我的眼睛又有些潮湿了起来。

我抹了抹眼睛，小心地走到院子里。我将放在院子角落里的那辆自行车翻了出来，这还是秀珍表姐公司的送奶车，奶牛场倒掉后，自行车也不知道归还给谁，就一直放在了家里。我用袖子擦了擦自行车的坐垫，随后，我就推着自行车出了门。

就这样，我骑着自行车，来到了表姐的那个送奶站。送奶站里一片漆黑，如果时间倒退几年，此刻，送奶站里一定是灯火通明。奶站的工作人员汗流浃背地将成千上万瓶牛奶分放到各个奶箱里。再过一会儿，我便会来到奶站，缩着脖子，脸庞被夜风吹得通红。

我骑着自行车，从送奶站出发，沿着以前送奶的路线，骑了两圈。骑到第三圈时，我终于骑不动了。我用脚尖点着地，大口大口地喘着粗气。喘匀了，抬起头，便看见眼前正是东门庵堂。我将车推到东门庵堂的门口，然后便坐在了庵堂的石门槛上。我坐了一会儿，觉得有些恍惚，我想起某一个夜里，我也曾这样坐在这个石门槛上，后来，我好像还哭了，但我现在已经想不起来为什么而哭了。我记得，那晚，我还闻见了一股奇异的檀香味道，但此刻，我却什么都闻不见。因为那包发霉香烟的缘故，现在，我的口鼻间，全是霉苦的味道。

我看着庵堂前空旷的马路。白天，这里车水马龙。可现在，这里却如同一片死地。看了一会儿，我就想起了秀珍，还想起了大囝、二囝，还有方长。我们从乡下来到这个城市，一天一天地熬，从三个人熬成了四个人，又熬成了五个人。我眯起眼睛，试图在脑中回忆起那些有关于秀珍还有孩子们的美好画面，可想了一阵，我的脑子里却出现了一座座金光灿灿的大殿、偏殿、钟楼、鼓楼、四合院。我看见了人潮汹涌，旗帜招展，一个人坐在法台上，双手合十，仁慈地俯视着众生。

挣扎了一阵，我突然用力地张开眼睛，此时，我的目光就像是一头突然掉进人间的野兽，惊慌而充满欲望。稍稍迟疑，它突然就发了疯，撒开腿，开始奔跑了起来。它就那样紧贴着地球表面那根巨大的弧线，孤独而又疯狂地奔跑，一直跑，飞快地跑。它越过了一座座的城市，越过了高山和海洋，它越过了所有的时间，所有的空间。最后，它终于跑不动了，它绕了一个巨大的圆圈，疲倦地落回了原地。

就在这时，我看见了我，孤独地坐在东门庵堂那道冰冷的石门槛上，相互眺望。